Armin Och, 1934 in Zürich geboren, begann schon während der Schulzeit und später während seiner Bankausbildung Kurzgeschichten zu schreiben, von denen zwei bei Wettbewerben Preise erhielten. Seine bisher erfolgreichsten Romane waren »Zürich Paradeplatz« und »Die Diplomaten«. Alle Bücher des Autors haben gemeinsam, daß sie nicht nur spannende Unterhaltung, sondern gewissermaßen in die Handlung verpackt viel Wissenswertes zu bieten haben. Armin Och lebt in Zürich.

Von Armin Och ist bisher
als Knaur-Taschenbuch erschienen:

»Die Zürich-Affäre« (Band 1193)

Originalausgabe

Umschlaggestaltung Adolf Bachmann
Umschlagillustration Christian Dekelver
Satz Mühlberger, Augsburg
Druck und Bindung Elsnerdruck, Berlin
Printed in Germany 5 4 3 2 1
ISBN 3-426-01428-9

Armin Och:
Spion zwischen den Fronten

Roman

Knaur

ISBN 3-426-01428-9 880

Optimismus heißt: glauben, daß der nächste Krieg noch nicht der letzte ist.

LUTZ RATHENOW
SCHRIFTSTELLER

Wir sollten uns überlegen, ob wir tatsächlich alles machen sollen, was technisch machbar ist. Wenn wir uns ansehen, woran Naturwissenschaftler forschen, müssen wir zu bestimmten Entwicklungen nein sagen.

JOSEPH WEIZENBAUM
PROFESSOR AM
MASSACHUSETTS
INSTITUTE
OF TECHNOLOGY, USA

Herr, die Not ist groß!
Die ich rief, die Geister,
werd ich nun nicht los.

J. W. GOETHE
»DER ZAUBERLEHRLING«

I

Das Unternehmen begann wie die meisten bisherigen mit einer Mitteilung. Es mochte ein harmloser Wisch sein oder eine Bombe. Niemand konnte das zu diesem Zeitpunkt sagen, niemand wollte es.

Auch Otto Weiss nicht, Chef der Schweizerischen Bundespolizei. Der große, schwere Mann strich sich über die grauen Haare, rückte die Brille zurecht und schob das Blatt Papier mit den Fingerspitzen zu Inspektor Dominik Vonderau hinüber, der an der gegenüberliegenden Seite des Tisches saß.

Sie befanden sich im Büro des Chefs in dem nüchternen und unpersönlichen Gebäude der Bundespolizei an der Taubenstrasse in Bern, der Hauptstadt der Schweiz. Es war Frühling. Die Bergspitzen, durch den seit einer Woche herrschenden Föhn in unnatürliche Nähe gerückt, waren noch bis weit hinunter mit Schnee bedeckt. Die Forsythien hatten dem warmen Wind nicht widerstehen können und setzten dem winterlichen Braun der Gärten die ersten vorwitzigen gelben Farbtupfen auf.

»Von den vielen Mitteilungen, die wir schon erhalten haben, sicher eine der merkwürdigsten«, sagte Weiss.

»Da müssen wir uns mit etwas Neuem vertraut machen«, meinte Inspektor Vonderau, der den Zettel inzwischen gelesen hatte. »Den Geheimdienstleuten gehen nie die Ideen aus. Man müßte sie bewundern, wenn sie nicht so gefährlich wären. Auf den ersten Blick gehört das ins Reich der Phantasie. Es ist die Ausgeburt eines wahnsinnigen Schriftstellers.«

»Gut, daß wir gelernt haben, einen zweiten Blick auf einen solchen Hinweis zu werfen, Dominik, nicht wahr?«

»Und gut, daß wir gelernt haben, jeder Mitteilung zu mißtrauen, in welcher Form auch immer«, fuhr Vonderau fort. »Nicht umsonst betrachten wir so etwas immer als etwas sehr Reales. Den phantastischen Realismus gibt es ja nicht nur in der Kunst, sondern auch bei uns.«

»Bravo«, lächelte Weiss. »Du hast nichts vergessen.«

»Manchmal wünsche ich mir, ich könnte alles vergessen«, murmelte Vonderau. »Was hältst du denn davon, Chef?«

»Ich glaube, es ist das, als was du es sehr genau definiert hast: etwas sehr Reales. Ins Reich der Phantasie gehört es noch lange nicht.«

»Und um das abzuklären, bin ich da«, stellte Vonderau lakonisch fest.

»Ja, es gehört in deinen Zuständigkeitsbereich, mein lieber Dominik. Sei so gut und geh der Sache einmal nach.«

Vonderau las die Mitteilung noch einmal, versuchte sich einzufühlen.

An einem Freitagmorgen war auf dem Kommando der Stadtpolizei Zürich am Bahnhofquai ein junger Mann namens Dorian Weber erschienen und hatte eine wirre und zugleich verwirrende Aussage gemacht.

Er hatte zuerst von einem geheimnisvollen Mädchen gesprochen und dann von einem noch geheimnisvolleren Mann und von einer Arbeit, die er für diesen Mann erledigen solle.

In der Erzählung des Jungen mit dem nicht gerade landläufigen Vornamen Dorian war kein roter Faden zu erkennen. Weber sprang von einem Ereignis zum andern, wiederholte sich, sprach von Informationen, die er irgendwann in naher Zukunft beschaffen müsse – alles völlig undurchsichtig.

Er sei noch nie mit dem Gesetz in Konflikt gekommen, obwohl die Versuchung in seiner Situation als Arbeitsloser weiß Gott manchmal groß genug gewesen sei. Er habe auch jetzt nicht im Sinn, etwas Gesetzwidriges zu tun. Darum sei er hierhergekommen.

Der Beamte, der die Meldung entgegengenommen hatte, war zunächst ratlos gewesen, aber dann zu der befreienden Erkenntnis gelangt, daß dies alles reichlich undurchsichtig sei und deshalb seinem Chef gemeldet werden müsse. Dieser wiederum hatte sich unter der Angelegenheit schon etwas mehr vorstellen können. Er hatte auf eine Einvernahme dieses Dorian Weber verzichtet und alles an die Bundespolizei in Bern weitergeleitet. Und jetzt hielt Inspektor Vonderau die Mitteilung, offiziell »Protokoll« genannt, in der Hand, und mußte sich damit auseinandersetzen.

»Das beste ist, du nimmst dir diesen Weber einmal vor«, meinte Weiss.

»Bevor ich ihn mir vornehme, möchte ich ihn erst einmal kennenlernen«, lächelte Vonderau. »Einen Eindruck von ihm bekommen, du weißt ja, wie das ist. Dann sehe ich weiter. Und ich versohl' ihm den Hintern, daß ihm Hören und Sehen vergeht und er einen Monat nicht mehr sitzen kann, wenn ich merke, daß er irgendwelche Räubergeschichten zusammenphantasiert, nur um sich interessant zu machen. Das gibt es ja auch.«

»Und wenn nicht?«

»Dann wird's spannend.«

Vonderau betrachtete die Mitteilung, aber er sah nur aneinandergereihte Wörter, nicht deren Sinn. Den kannte er. In Gedanken war er bereits mittendrin.

Dorian Webers Adresse interessierte den Inspektor im Augenblick so gut wie gar nicht. Er war gespannt auf den Menschen. Manch einer wohnte in einer vornehmen Gegend und war doch ein Dreckskerl, wenn auch gesetzestreu, und ein anderer mühte sich redlich mit den Schwierigkeiten des Lebens ab, obwohl er in einer miesen Umgebung aufwuchs. Für diese Leute gab es keine legalen Möglichkeiten, Dreckskerle zu sein. Nur illegale. Ihnen gehörte Vonderaus Sympathie. Sie hatten es ungleich schwerer als die anderen.

In solch einer Umgebung gab es keine Demokratie. Hier herrschte das Gesetz des Dschungels. Demokratie, dieser in der Schweiz so hochgeachtete Begriff, bedeutete eben nicht überall Freiheit. Wenn Freiheit so verstanden wurde, daß jeder leben konnte, wie er wollte, dann führte das zu Ungleichheit. Unterschiedliche natürliche Gaben, Erziehungsweisen, finanzielle Situationen führten zu unterschiedlichen Voraussetzungen.

Alle Schweizer sind vor dem Gesetze gleich, heißt es in Artikel vier der schweizerischen Bundesverfassung. Aber es ist immer noch ein Unterschied, ob ein reicher Mann vor den Schranken des Gerichtes steht – wenn er je dorthin kommt – oder eine gescheiterte Existenz.

Vonderau hoffte, daß dieser Dorian Weber letzteres war und daß er die Wahrheit erzählte. Dann würde er ihm, falls nötig, helfen können.

Es war ungewöhnlich mild. Die Kastanienbäume vor dem Restaurant Strohhof standen in voller Blüte, die Gartenstühle hatten einen frischen Anstrich bekommen und glänzten in sattem Grün.

Ein Hauch von Ferien kam die zahlreichen Leute an, die hier, mitten in der Stadt, zwischen den öden Bürostunden ihr Mittagessen einnahmen. Einer davon war Inspektor Vonderau.

Er saß so, daß er den Blick frei hatte auf die Steintreppe, die von der St.-Peter-Strasse zum Gartenrestaurant führte; er konnte sogar bis zur Bahnhofstrasse sehen, wo die Leute flanierten und die Straßenbahnen klingelten.

Er hatte sich im Restaurant Strohhof mit Dorian Weber verabredet. Das schöne Wetter behagte ihm. Sie würden im Freien

sitzen. Da konnte man weniger als in einem geschlossenen Raum mithören, was sie sprachen. Und sie hatten einiges zu besprechen.
Auf dem Dach der gegenüberliegenden Bank saßen ein paar fette Tauben reglos in der Mittagssonne und sahen von unten aus wie Ratten. Eine Katze strich scheinbar teilnahmslos um die Tische, als langweile sie der ganze Betrieb hier, aber ihre Ohren waren gespitzt, und Vonderau war überzeugt, daß nichts den aufmerksamen Augen des Tieres entging. Der Inspektor hob den Kopf, um die Treppe wieder im Blick zu haben, und dort stand er.
Dorian Weber hatte am Telefon gefragt: »Wie erkenne ich Sie denn?«, und Vonderau hatte geantwortet: »Keine Angst, ich erkenne Sie.«
Das hatte überheblich geklungen, denn ihm war weder ein Foto noch eine Personenbeschreibung zur Verfügung gestanden, aber er war tatsächlich überzeugt gewesen, den Mann sofort zu erkennen. Als er den Jungen dort stehen sah, gab es keinen Zweifel. Es war Weber.
Der junge Mann war mittelgroß, sehr schlank, fast mager, hatte ein schmales Gesicht und etwas zu lange blonde Haare. Er trug abgewetzte Jeans, ein schwarzes Hemd und eine Jeansjacke.
Vonderau stand auf und ging ihm entgegen. »Herr Weber?«
»Ja.«
»Ich heiße Vonderau. Kommen Sie, ich habe zwei Plätze reserviert. Zuerst wollen wir essen, nachher reden wir.«
Er machte einen unsicheren, beinahe verschüchterten Eindruck. Ein Mensch, der auf der Schattenseite des Lebens stand und diese wahrscheinlich auch nie verlassen würde. Sie waren immer die Opfer, willig und fügsam, besessen von der Idee, sich einmal die Sonne aufs Gesicht scheinen zu lassen – aber eben immer Opfer.
Während des Essens wurde nicht viel geredet. Weber aß,

als erwarte er jede Sekunde, daß ihm jemand den Teller wegnahm.
Vonderau wußte, daß Webers Aussage vor der Stadtpolizei durchaus der Wahrheit entsprechen konnte. Genausogut aber war es möglich, daß diese Spur eine absichtlich falsch gelegte Fährte war, die von etwas anderem ablenken sollte. Oder einfacher gesagt: Man inszenierte das ganze Theater mit Weber, die offiziellen Stellen schnappten zu, konzentrierten sich auf diesen Köder, und jetzt begann man ein ganz anderes Unternehmen, von dem es keine Spur gab – oder erst dann, wenn es bereits zu spät war.
Eine dieser beiden Möglichkeiten war falsch, die andere richtig – aber keine war schön. Wenn Vonderau Glück hatte, setzte er von Anfang an auf die richtige.
Nachdem die Serviertochter abgeräumt hatte, sagte Vonderau: »Wir beide wissen ja, warum wir hier sind. Herr Weber, erzählen Sie mir alles ganz genau. Wie hat es denn angefangen?«

Sie hatte die gleichen blonden Haare wie er. In der Mitte gescheitelt, floß ihr die beeindruckende Fülle über die Schultern hinab. Ihr Haar war schön frisiert und rahmte ein ovales Gesicht mit hellblauen Augen, einer kleinen Nase und vollen Lippen ein. Das war ihm eigentlich zuerst aufgefallen, dieser erotische Mund, und als sie ihn ansprach, starrte er nur auf diese Lippen.
Dorian Weber stand an einem Flipperkasten in einem Spielsalon an der Langstrasse. Mit etwas Glück würde er mit der letzten Kugel ein Freispiel rausholen, und das Mädchen, das ihn da anquatschte, störte ihn in seiner Konzentration.
»Hast du Kleingeld?«
Er schüttelte unwillig den Kopf, schaute aber doch auf, und da sah er diesen Mund. Die Metallkugel schnellte ein paarmal hin und her, rollte hinunter und verschwand. Kein Freispiel.

»Neben dem Eingang ist die Kasse«, knurrte Weber. »Dort kannst du wechseln.«
Er klaubte eine Münze aus der Hosentasche, warf sie ein, begann ein neues Spiel und hatte das Mädchen in derselben Sekunde vergessen.
Sie ihn aber nicht. Sie tat nur so, als ginge sie zur Kasse, ließ die Münzen klingeln – sie hatte jede Menge Kleingeld – und beobachtete die Zahlenrollen an der Anzeigetafel des Flipperautomaten, die sich hektisch drehten. Der Junge hatte Glück. Wieder war er nahe an einem Freispiel.
Aber zuviel Glück paßte nicht ins Konzept. Er mußte Pech haben, wie immer bisher, und wenn es das Schicksal anders wollte, mußte sie eben eingreifen.
Sie schlenderte zu Weber zurück, stellte sich so dicht neben ihn, daß er sie berührte. Der Duft ihres schweren, süßen Parfüms umhüllte ihn, die Kugel sauste hinunter, die Chance war vertan.
»So eine Scheiße«, sagte sie kopfschüttelnd. »Beinahe hättest du es geschafft.«
Weber war wütend und wehrlos zugleich. Ihre Schönheit warf ihn einfach um. Er war in sie verliebt, bevor er nur zwei Sätze mit ihr gesprochen hatte.
»Macht nichts«, murmelte er verlegen. Noch nie hatte ihn eine solche Frau angesprochen. Da wog ein verpaßtes Freispiel überhaupt nichts.
»Weißt du was?« fragte sie. »Spielen wir zusammen! Ich habe vorhin am Glücksspielautomaten gewonnen. Schon beim dritten Mal ist der Joker gekommen. Hast du das schon mal erlebt?«
Von einem Joker, der das große Glück brachte, konnte Dorian Weber nur träumen. Und sogar das hatte er schon fast verlernt.
Aber das Mädchen schien gar keine Antwort zu erwarten.
Bei einem Flipperautomaten konnte man das Glück nicht beeinflussen. Aber man konnte so geschickt verlieren, daß es nicht

auffiel. Darin war das Mädchen eine Meisterin. Es verlor, als könnte es so viel Pech einfach nicht fassen. Und Weber hatte endlich sein Erfolgserlebnis. Das machte ihn sorglos.

»Flippern war noch nie meine Stärke«, sagte die blonde Schönheit schließlich resigniert. »Ich hätte es wissen müssen. Man kann das Glück nicht zwingen. Man hat es, oder man hat es nicht.«

Sie zündete sich eine Zigarette an, warf mit einer ruckartigen Kopfbewegung ihr Haar zurück und sagte: »Wollen wir etwas trinken?«

Sie war überwältigend. Sie verschlug Weber den Atem, sie lähmte ihn. Aber das wurde ihm nicht bewußt. Wann war er zum letztenmal mit einem Mädchen ausgegangen? Er konnte sich nicht erinnern. Er wußte nur eins: mit einem solchen Mädchen noch nie.

In einer Bar, kaum zweihundert Meter entfernt, setzten sie sich hin. Um diese Zeit war das Lokal öde und leer. Es lebte von den Abenden, wenn die Leute hineindrängten, wenn Jubel und Trubel und nackte Frauenschultern den tristen nächsten Morgen vergessen ließen.

Sie bestellte sich ein Glas Cola mit Baccardi, fragte: »Auch eins?« Doch Weber schüttelte den Kopf. »Ein Bier.«

»Ich hab' dich eingeladen, ich hab' am Spielautomaten gewonnen. Du kannst etwas anderes haben.«

»Ein Bier«, beharrte Weber. Er war verlegen und unsicher und deshalb wortkarg. Warum hatte das Mädchen ihn angesprochen? War das ganz unerwartet sein Glückstag, nachdem er jahrelang hatte unten durch müssen?

»Bist du arbeitslos?« fragte sie plötzlich.

Er nickte.

»Dann können wir uns die Hand geben«, meinte sie mit einem müden Lächeln. »Ich auch. Aber ich mache mir keine Sorgen. Ich lebe bei meinen Eltern. Irgendwann wird sich schon wieder was ergeben.«

Er sah sie überrascht an. Arbeitslos? Irgendwie paßt das nicht zu ihr, dachte er vage, aber er war unfähig, diesem Zweifel nachzugehen. Ihre auffallende Erscheinung, ihr trotz Arbeitslosigkeit selbstsicheres und bestimmtes Auftreten erdrückte ihn.
»Bist du oft in diesem Spielsalon?«
Weber zuckte die Schultern. »Manchmal. Wenn ich Geld habe. Es lenkt mich ab. Weißt du, ich habe oft Glück. Dann kommt ein Freispiel nach dem andern. So kann ich mich stundenlang beim Flippern aufhalten.«
Sie nickte. Aber auf ihrem schönen Gesicht zeigte sich kein Ausdruck. Nach ein paar Sekunden rief sie völlig überraschend den Kellner. Sie bezahlte, gab Weber die Hand und sagte: »Ich muß nach Hause. Mach's gut. Vielleicht sehe ich dich wieder.«
Sie verschwand. Dorian Weber saß völlig verwirrt da und wußte nicht, was tun.

Eigentlich, so schien es ihm, hatte es viel früher begonnen. Aufgewachsen war Weber in der Nietengasse, und im Laufe der Jahre war er den fatalen Eindruck nicht losgeworden, als habe der Name dieser kurzen Straße einen Symbolgehalt.
Etwas anderes als Armut hatte er nie gekannt. Diese Tatsache haftete wie ein Geruch an ihm. In der Schule gehörte er zu jenen Schülern, die sich mehr schlecht als recht durchschlugen, und auch der Lehrer machte sich nicht die Mühe, das zu ändern. Wenn Dorian etwas nicht kapierte, ging der Schulmeister darüber hinweg. Der Weber lernte das sowieso nie. Das sagte er ihm auch mehr als einmal, und schließlich hatte auch der Schüler das Gefühl, nichts wert zu sein.
Wahrscheinlich waren die Weichen, die Webers Bahn auf das Abstellgleis lenkten, sogar noch früher gestellt worden. Wie bei den meisten Menschen war es auch bei ihm schwer, den Punkt zu bestimmen, wo alles schiefzulaufen begonnen hatte.
Vielleicht war es der ewig nörgelnde Vater, der mehr krank war

als arbeitete und der seinem Sohn oft genug zu verstehen gab, daß dieser in der passenden Straße wohnte. Und die Mutter, mager und früh ergraut, huschte lautlos wie ein Schatten in der Wohnung herum und war ihm alles andere als eine Hilfe.
Seltsamerweise hatte der kleine Dorian nur einen Wunsch, der ihn ausfüllte und in ihm brannte: Er wollte Lastwagenchauffeur werden. Schon als Zehnjähriger lief er während der Schulferien frühmorgens aus dem Haus und verbrachte den ganzen Tag am Güterbahnhof bei den Lastern. Mit elf Jahren konnte er alle Marken der auf den Schweizer Straßen verkehrenden Lastwagen, ihre Hubraummaße und weitere technische Einzelheiten auswendig hersagen. Mit den Fahrern unterhielt er sich wie mit gleichaltrigen Freunden.
Einmal nahm ihn ein Chauffeur auf eine Fahrt mit. Dem Jungen rannen vor Freude die Tränen über das Gesicht.
Es kam noch besser. Zwischen zwei Fahrten durfte er einmal einen dieser Kolosse steuern. Er kuppelte und gab Gas, legte die Gänge ein und fuhr rückwärts zentimetergenau an eine Böschung heran, als habe er zeit seines Lebens nichts anderes getan.
»Dein Fahrlehrer möchte ich nicht sein«, sagte der neben ihm sitzende Chauffeur.
»Warum? War es so schlecht?«
»Im Gegenteil. Der Fahrlehrer kann von dir nur lernen.«
Aber Lastwagenchauffeur durfte Dorian Weber nicht werden. Nach der Schule steckte sein Vater ihn in eine große Maschinenfabrik, als Hilfsarbeiter. Und das blieb er.
»Zu mehr taugst du nicht. Du bist nicht intelligent genug, hinter dem Steuer dieser dicken Brummer zu sitzen. Schlag dir das ein für allemal aus dem Kopf. Stell deinen Mann in der Fabrik und sei dankbar, daß du dort arbeiten kannst!«
Dorian war nicht dankbar. Sein Wunsch, Lastwagenfahrer zu werden, brannte wie eine verzehrende Flamme in ihm und

höhlte ihn aus. Als sein Vater starb, spürte er nur eine große Erleichterung. Damals war er achtzehn Jahre alt.
Mit zwanzig mußte er zum Militär. Als er die Rekrutenschule hinter sich gebracht hatte, schaute ihn die Mutter mit stolzem Glanz in den Augen an. Zum erstenmal in seinem Leben bemerkte er diesen Ausdruck.
Zwei Wochen später starb sie. »Herzversagen« stand auf dem Totenschein. Es schien, als habe sie nur Dorians Rückkehr aus dem Militär abgewartet, um ihrem Mann nachzufolgen, dem sie ihr ganzes Leben lang in knechtischer Treue verbunden gewesen war. Sie mußte doch auch im Jenseits bei ihm sein.
Nun war Dorian allein. Aber diesmal verspürte er keine Erleichterung. Nur eine große Leere.
Es gelang ihm, die elterliche Wohnung in der Nietengasse zu halten. Sie hatte zwei Zimmer. Die Küche ging auf den Hinterhof hinaus, den man als romantisch und schön bezeichnet hätte, wäre er nicht mit allerlei Gerümpel vollgestopft gewesen.
Auf der einen Seite der kurzen Gasse befand sich eine Zeile hoher Häuser mit schmalen Fenstern, auf der anderen Seite stand ein graues Schulgebäude. Es war ein trister Klotz, errichtet fern jener Erkenntnis der modernen Architektur, daß ein Schulhaus licht und lebensfroh gestaltet sein sollte.
Zwischen halb drei und fünf Uhr morgens war es ziemlich ruhig in der Gasse. Vorher suchten die Gäste der Nachtclubs und der Sexlokale dort nach Parkplätzen und stellten ihre Wagen einfach auf die Trottoirs, und kurz nach fünf fuhren die los, die hier wohnten und zur Arbeit mußten.
In der Gasse, zwischen den Mauern der Häuser, verdoppelte und verdreifachte sich jedes Geräusch. Jeder Motor, der angelassen wurde, konnte die Anwohner selbst aus dem tiefsten Schlaf reißen. Aber Dorian wollte die Fenster nicht schließen. Das Abgeschlossensein erdrückte ihn.

Das war seine Umgebung, hier lebte er. Es war gleichzeitig seine Grenze, die er nicht zu überschreiten vermochte.
Er ging weiter jeden Morgen in die Maschinenfabrik, aber plötzlich sprach man von Rezession. Es gab immer weniger Arbeit. »Rationalisieren« und »Gesundschrumpfen« wurden als Allheilmittel angepriesen. Dorian war einer der ersten, die es traf. Er wurde arbeitslos.
Er meldete sich an verschiedenen Stellen, er meldete sich auf dem Arbeitsamt. Wenn er nach seiner Ausbildung gefragt wurde, hatte er nichts vorzuweisen. Leute wie ihn gab es zu Hunderten.
Er lebte von der kargen Arbeitslosenunterstützung und von der kleinen Lebensversicherung seiner Mutter. Er trug die Kleider, bis er sich damit nicht mehr sehen lassen konnte. Alles war vergangen, geblieben war nur seine Sehnsucht, Lastwagen zu fahren.
Zeit war nun das einzige, was ihm reichlich zur Verfügung stand. Manchmal stellte er sich stundenlang an die Autobahnausfahrt beim Sportstadion Hardturm und schaute den Lastwagen nach, die dort vorüberdonnerten.
Und wenn sein Verlangen zu groß wurde, winkte er den Fahrern zu. Sie hielten ihn bestenfalls für einen Anhalter, meistens aber für einen Spinner. Oft kam er selbst sich auch so vor.
Bis eines Tages das Mädchen mit den langen blonden Haaren und der umwerfenden Figur neben ihm im Spielsalon stand. Plötzlich sah alles anders aus.

»Wie heißt das Mädchen?« fragte Vonderau.
Die meisten Gäste waren schon gegangen, hatten schnell ihr Mittagessen verdrückt, um gleich wieder an ihre Arbeitsplätze zu hasten. Von der St.-Peter-Kirche schlug es ein Uhr. Der einzelne Ton sauste wie ein bronzener Splitter durch die warme Mittagsstunde.

»Wie heißt das Mädchen?« wiederholte Vonderau seine Frage.
»Alaska«, antwortete Dorian Weber.
»Wie?«
»Alaska.«
Vonderau schüttelte in stummer Verzweiflung den Kopf. »Das darf doch nicht wahr sein. Und das glauben Sie?«
»Warum nicht?« stellte Weber unwillig die Gegenfrage. »Sie hat behauptet, daß sie so heißt. Es ist doch nicht meine Aufgabe, Namen auf ihre Richtigkeit zu prüfen.«
»Aber Herr Weber, ausgerechnet Alaska. Das ist doch ein Spitzname, wie unter guten Freunden üblich – aus was für einem Grund auch immer. Gehören Sie denn zu ihren guten Freunden?«
Weber zuckte mit einer müden Gebärde die Schultern. »Davon war ich überzeugt.«
»Der Rätsel werden immer mehr«, seufzte der Bundespolizei-Inspektor. »Was heißt hier ›war‹? Sind Sie es denn nicht mehr?«
Weber schwieg. Nach einer Weile sagte er leise: »Ich glaube nicht.«
Vonderau ließ eine Minute verstreichen. Wie sollte er mit diesem Mann weiterkommen? Er fragte: »Möchten Sie noch ein Glas Wein? Oder einen Cognac?«
»Einen Cognac.«
Es beruhigte Dorian, daß er nicht allein war. Aber nur ein bißchen. Er spürte eine unerklärliche Kälte, die auch der Mann ihm gegenüber nicht zum Verschwinden bringen konnte.
»Was ist denn nun mit dieser – Alaska?«
»Von mir aus hätte sie auch Sonne oder Mond heißen können«, fuhr Weber heftig fort. »Der Name war überhaupt nicht wichtig. Sie war bei mir, ich hatte jemanden, ich liebte sie. Sie war der erste Mensch, der mich nicht fragte, wer ich bin oder wie ich lebe. Sie nahm mich so, wie ich war. Sie fragte nichts.

Ich tat alles, um das nicht zu zerstören. Ich hielt sie in den Armen, nur das zählte. Alles andere war mir scheißegal. Verstehen Sie das?«

Über den Rand seines Glases hinweg sah Vonderau den jungen Mann an. »Sie sagten, Sie hielten sie in den Armen. Haben Sie mit ihr geschlafen?«

»Ja.«

»Und eines Tages kamen die Fragen eben doch, nicht wahr?«

»Nein.«

»Was dann?«

»Eines Tages kam ein Mann.«

Nachdem sie so plötzlich von ihm weggegangen war, verstrich mehr als eine Woche, bis er sie wieder sah. Jeden Tag war Weber in den Spielsalon gegangen, in dem sie sich zum erstenmal getroffen hatten.

Seine Gedanken kreisten nur um dieses Mädchen. Vor dem Einschlafen dachte er an Alaska, und beim Erwachen fuhr er fort, an sie zu denken.

Die meiste Zeit lungerte er in dem Spielsalon herum, rauchte und wartete. Irgendwann würde sie hier auftauchen, das fühlte er. Das konnte doch nicht nur eine Laune gewesen sein von ihr oder nur ein Hauch des launischen Glückes.

Er ging zu jenem Flipperautomaten, neben dem sie wie aus dem Nichts heraus erschienen war und seinem Leben eine Wende gegeben hatte. Man kann sein Glück auch zwingen, hatte er einmal gelesen, und dieser Hoffnung gab er sich nun hin.

Er warf eine Münze ein, ließ die Kugel hochschnellen, sie sauste zwischen den elektrischen Kontakten hin und her, und mitten in das Rattern des Zählwerks, das Klingeln, Leuchten und Klopfen hinein sagte eine Stimme:

»Salü, auch wieder einmal da?«

Alaska. Sie überragte ihn um einen halben Kopf, ihre Augen

leuchteten, als habe sie nichts sehnlicher gewünscht, als ihn zu sehen. Diesen Eindruck hatte Weber. Er nahm ihm den Wind aus den Segeln.

Er hatte sagen wollen, daß er Tag für Tag hier gewesen sei und auf sie gewartet habe und daß man eigentlich zu ihr auch sagen könnte: »Auch wieder einmal da?« Aber die Worte blieben ihm im Hals stecken. Sie legte ihre Hand auf seine Schulter, und das brachte ihn vollends aus der Fassung.

»Wollen wir?«

Er schaute sie gebannt an. Sie deutete mit dem Kinn auf den Apparat. Längst war die Kugel zwischen den Flippern hindurch gelaufen und in einem Loch verschwunden.

»Komm, wir fangen ein neues Spiel an«, sagte sie. »Vergessen wir das alte.«

Auch diese doppeldeutigen Worte lösten bei Weber kein Signal aus, oder höchstens eines, das er zu seinen Gunsten wertete. Er gab sich einen Ruck und sagte: »Ich habe auf dich gewartet.«

Sie wollte gerade eine Münze einwerfen, hielt aber inne und drehte sich langsam um. »Du hast auf mich gewartet?«

»Ja.«

Ihr Lächeln hüllte ihn ein. »Das ist lieb von dir«, sagte sie. »Das freut mich, ehrlich, das mußt du mir glauben. Es gibt niemanden sonst, der auf mich wartet.«

»Warum bist du dann nicht früher gekommen?«

»Ich wohne bei meinen Eltern, das sagte ich doch. Sie unterstützen mich. Ich kann nicht einfach weg, wann ich will.«

Er nickte stumm, betrachtete die knalligen Darstellungen auf dem Flipperautomaten und spürte sein Herz klopfen. Er hatte kein Recht auf sie, er wußte es, aber sie hatte gesagt, niemand warte auf sie, und das gab ihm eine ungeahnte Zuversicht.

»Komm, sei kein Frosch«, sagte sie. »Jetzt bin ich ja hier. Und ich muß nicht so schnell wieder gehen. Wir haben noch den ganzen Tag vor uns. Das ist doch toll, oder nicht?«

Sie wartete seine Antwort nicht ab, ließ die Münze in den Einwurf rollen, es klickte und knackte, und das Spiel begann.
Sie lenkte seine Gedanken auf die rollende Kugel. Er spürte eine große Erleichterung und keine Sorgen. Dieses Gefühl war überwältigend.
Später bummelten sie durch die Langstrasse, aßen einen Hamburger, tranken etwas in einer Bar, wo das Stimmengewirr und die Musik so laut waren, daß kein Gespräch aufkommen konnte; dann aßen sie Hot dogs inmitten einer Schar vergnügter Leute. Aber nie waren sie allein.
Sie landeten schließlich in einem Lokal, in dem geschunkelt, gesungen und gejohlt wurde. Ballons wurden aufgeblasen und losgelassen und schwirrten mit einem furzenden Geräusch den Leuten um die Köpfe.
Die Frauen kreischten, die Männer freuten sich. Manch eine der schlaffen Gummihüllen landete im Dekolleté oder im Schoß eines weiblichen Gastes.
Jubel und Trubel verjagten alle Fragen. Sie verjagten auch Webers quälende Ungewißheit, wann er das Mädchen wiedersehen würde. Der Alltag war weit weg, nur die Sorglosigkeit war hier, aber als sie das Lokal verließen und auf dem Trottoir standen, schien eine schützende Mauer zu fallen.
Das Mädchen nahm ihn an der Hand. »Jetzt wollen wir noch in Ruhe etwas trinken«, sagte es. »Dann muß ich nach Hause. Das verstehst du doch?«
Er verstand es, wenn sie nur wiederkam. In einem Restaurant tranken sie ein Glas Wein.
»Ich mag dich«, sagte das Mädchen. »Es freut mich, daß ich dir begegnet bin.«
Das war mehr, als er erwartet hatte. Er hatte es nur erhofft. Daß es eintraf, warf ihn aus der Bahn.
»Frag nicht nach mir«, verlangte sie. »Ich werde dich finden, weil ich dich finden will.«

Sie rief den Kellner und bezahlte, wie sie überhaupt immer bezahlt hatte an diesem Tag. Es fiel ihm auf, aber auch wieder nicht so sehr, daß er stutzig geworden wäre. Er nahm an, daß es das Geld ihrer Eltern war und daß sie es mit ihm ausgeben wollte.
Sie küßte ihn auf die Wangen; dann nahm sie sein Gesicht in beide Hände und küßte ihn auf die Lippen.
»Ich melde mich«, flüsterte sie, lief aus dem Lokal und war verschwunden. Er wußte nicht, wo sie wohnte, und er wußte nicht, wohin sie fuhr oder ging. Er wußte nur, daß sie wiederkommen würde. Alles andere war nicht wichtig.
Es fiel ihm deshalb auch nicht auf, daß sie mit der schwarzen Samthose und dem weißen Kaschmirpullover zu gut gekleidet war, um arbeitslos zu sein, und ihr Parfüm war zu teuer für jemanden, der von den Eltern unterstützt wurde.
So gut hatte noch kein Mädchen ausgesehen, das mit Weber ausgegangen war, und das blendete ihn. Er fühlte sich vom Schicksal bevorzugt. Wer ein solches Gefühl noch nie erlebt hatte, konnte gar nicht ermessen, wie es um Dorian Weber stand.
Obwohl auch sie arbeitslos war, schien die junge Frau mit dem seltsamen Namen Alaska keine Sorgen zu kennen. So wie sie auftrat, verhielt sich nur ein Mensch, der sich sicher fühlt.
Aber auch das fiel Weber nicht auf.

Faszinierend, dachte Vonderau. Faszinierend nicht nur deshalb, weil man hier sehen konnte, wie ein Mann mit offenen Augen in sein Verderben rannte, sondern auch deshalb, weil alles so klar war wie gezinkte Karten beim Poker.
Genau die Dinge, die man nicht glauben kann, wenn man sie in der Zeitung liest, dachte er weiter. Genau die Dinge, angesichts derer man sich fragt, wie dieser Trottel so naiv in die Falle stolpern konnte. Nur, diese Erkenntnis kam immer erst hinterher. Daß es eine Falle war, merkte man erst dann, wenn man darin zappelte. Man konnte es einfach nicht glauben, und doch kam es immer

wieder vor. Einen vernünftigen Grund, so etwas zu begreifen, gab es nicht.
»Kann ich noch einen Cognac haben?« fragte Weber.
Vonderau zögerte. Dann nickte er. Vielleicht gehörte Weber zu jenen Menschen, bei denen der Alkohol bewirkte, daß die Wahrheit ans Licht kam.
Weber trank seinen Cognac in hastigen kleinen Schlucken. »Wissen Sie, was ich mich die ganze Zeit frage?«
»Nein.«
»Ob da jemand ist, der mich heimlich beobachtet, während ich mit Ihnen rede.«
»Jetzt behalten Sie mal bloß Ihr Hemd an«, beschwichtigte Vonderau betont salopp. »Wir drehen keinen Spionagefilm!«
»Kommt das denn nur in Spionagefilmen vor?«
Nein, hätte Vonderau jetzt sagen müssen, aber er schwieg. Woher hätten es die Leute vom Film denn wissen sollen, wenn es in der Wirklichkeit nicht vorkam?
»Hatten Sie das Gefühl, daß Ihnen jemand folgt?«
»Nein«, antwortete Weber, »aber das heißt gar nichts.«
Auch wieder wahr. Wenn jemand ihm gefolgt war, dann hätte sich dieser jemand bestimmt nicht so verhalten, daß es dem Anfänger Weber aufgefallen wäre. Aber damit konnte Vonderau sich jetzt nicht aufhalten. Er mußte Weber zum Sprechen bringen.
»Sie sagten, ein Mann sei gekommen. Wann war denn das?«

Das schöne blonde Mädchen kam wieder. Aber nicht in den Spielsalon. Eines Abends klingelte es an Webers Wohnungstür. Er ging hin und öffnete. Da stand sie.
»Du hier?«
»Ja«, lachte sie entwaffnend. »Es gibt ein Telefonbuch und ein Adreßbuch. Und in beiden stehst du drin.«
Da sie ihm keine Gelegenheit zum Überlegen geben durfte, ging sie zum Angriff über. »Freust du dich denn nicht?«

»Doch«, beeilte sich Weber zu sagen, und er öffnete weit die Tür.
Sie kam herein, blieb etwas unsicher stehen, wie man das von einem Menschen erwartet, der zum erstenmal eine fremde Wohnung betritt. Aber ihr Blick wanderte herum und registrierte alles, was zu registrieren von Wichtigkeit war.
»Ich habe nicht mit dir gerechnet«, sagte Weber verlegen. »Es ist nicht aufgeräumt.«
»Ich kann dir ja beim Aufräumen helfen.«
»Weißt du«, fuhr Weber immer verlegener werdend fort, »ich habe auch nichts zu essen hier.«
»Ich bin nicht hier, um zu essen.«
Er schaute sie fragend an.
»Ich bin hier, um dich wiederzusehen.«
Sie lehnte die Plastiktüte, die sie in der Hand gehalten hatte, gegen die Wand, wartete zwei Sekunden und ging dann auf ihn zu. Sie nahm ihn bei der Schulter, beugte sich vor und küßte ihn auf die Lippen.
»Du hast mich auf eine Idee gebracht«, sagte sie. »Wir gehen jetzt etwas einkaufen und essen dann bei dir. Heute muß ich mich nicht beeilen. Ich habe jede Menge Zeit.«
Als sie zwei Stunden später das Geschirr wegräumte und Wasser für den Kaffee aufsetzte, schien es Weber, als halte sie sich schon seit Jahren in seiner armseligen Wohnung auf. Aber diese Wohnung war nun nicht mehr armselig. Das Mädchen mit dem merkwürdigen Namen Alaska und der großen Ausstrahlung war hier. Alles andere zählte nicht.
Weber drehte das halbvolle Weinglas in den Händen und sagte: »Ich stelle mir gerade vor, wie es wäre, wenn du immer hier sein könntest.«
Genau das hatte sie nicht erwartet. Sie drehte sich langsam um.
»Ist das dein Ernst?«
Er zuckte die Schultern. »Ich dachte bloß«, murmelte er.

»Warum eigentlich nicht?« sagte sie wie zu sich selbst. Aber sie hatte nicht damit gerechnet, und es paßte nicht in ihre Pläne, oder, besser gesagt, es gab der ganzen Sache eine neue Wende.
»Du meinst, ich soll bei dir wohnen?« fragte sie.
»Wenn du magst.«
Aber davon allein hing es nicht ab. Weber merkte es sofort.
»Das heißt, wenn du auch mich magst.«
Sie ging zu ihm und sah ihm fest in die Augen. »Hätte ich dich sonst immer wieder gesucht?«
Er schwieg, aber eine Antwort war auch nicht nötig. Sie war schon gegeben, als er sie gefragt hatte, ob sie bei ihm wohnen wolle.
»Ich habe dir gesagt, daß ich jede Menge Zeit habe«, meinte sie, ohne ihn mit ihrem Blick loszulassen. »Wenn du willst, bleibe ich bis morgen früh hier.«
In dieser Nacht, die alles auslöschte, was er bisher erlebt hatte, hielten ihn Fragen gefangen, die zu stellen er nicht wagte. Sie hätten den seltsamen Zauber verjagt, der aus ihm einen anderen Menschen machte. Das Mädchen war die Barrikade, die den Alltag abwehrte, als sei eine neue Zeit angebrochen.
Sie lag neben ihm, ihr Gesicht halb verdeckt von ihrem Haar, einen Arm auf seiner Brust, und er spürte ihre Schenkel an seinen Beinen.
Sie atmete ein paarmal tief ein, ihre Hand strich über sein Gesicht, und sie hob den Kopf.
»Bist du glücklich?«
Seine Empfindungen waren so überwältigend, daß er nicht sprechen konnte. Diese Frau, die ihm vor zwei Monaten noch völlig unbekannt gewesen war, hatte ihm mit einem Schlag alles gegeben, was er sein ganzes bisheriges Leben hindurch vermißt hatte: Wärme, Liebe, Geborgenheit und ein unbeschreibliches Hochgefühl.
Er war nicht mehr der letzte Dreck, dumm und zu nichts nütze.

Er hielt diese Frau in den Armen, die jeden anderen Mann hätte haben können. Aber sie hatte ihn gewählt.
Um ihre Frage zu beantworten, nickte er nur, aber der Ausdruck in seinen Augen sagte alles.
Dorian Weber beugte sich über sie. Er begann ihr Gesicht zu streicheln, seine rechte Hand fuhr sanft über ihren ganzen Körper, folgte der Rundung ihrer Brüste, der Linie ihres Bauches und ihrer schönen Beine, und sein Blick begleitete die Bewegung, als wolle er die Gestalt dieser Frau mit Augen und Händen in sich aufnehmen. Er begann wie unter Schmerzen zu keuchen, legte sich auf sie und drang in sie ein, er umschlang sie mit Armen und Beinen, als könne er dadurch für immer verhindern, daß sie jemals wieder von ihm wegging.
Viel später, als er jedes Gefühl für Zeit längst verloren hatte, sagte sie lächelnd: »Wir haben zwei Flaschen Wein gekauft, aber nur eine getrunken.«
Weber lachte. Er war trunken vor Liebe, der Wein war nur eine schöne Zugabe. Er hätte die Zeit anhalten können, so stark fühlte er sich.
»Wir machen sie auf und trinken«, sagte er fröhlich. »Wer will uns denn das verbieten?«
Niemand hatte ihnen etwas zu befehlen, und niemand konnte ihnen etwas anhaben. Nicht in dieser Nacht.

Einen Hauch der unüberwindlichen Wirklichkeit brachte eine Frage auf, die sie ihm stellte, als sie ihm das Weinglas reichte.
»Wie bist du eigentlich zu deinem Vornamen gekommen?«
Er ließ sich Zeit. Er trank genießerisch und betrachtete ihren herrlichen Körper. Niemand auf der ganzen Welt besaß eine solche Frau, davon war er überzeugt.
»Ich weiß es nicht«, antwortete er und streichelte mit der einen Hand ihre Schultern und den Ansatz ihrer Brust. »Ich kann es nur vermuten.«

»Hat es dir deine Mutter nie gesagt?«

»Nein.«

»Und was vermutest du?«

So weit er zurückdenken konnte, hatte es in der Wohnung nur ein Buch gegeben, aber er konnte sich nicht erinnern, daß seine Mutter es je gelesen hatte. Vielleicht hatte sie es gelesen, aber noch vor ihrer Heirat, denn danach war es von ihr nicht einmal mehr in die Hand genommen worden. Es war eine preisgünstige Buchklubausgabe. Der Junge hatte sich manchmal gefragt, woher das Buch wohl stammte. Vielleicht hatte sie es geschenkt bekommen.

»Was war das für ein Buch?«

»Es hieß ›Das Bildnis des Dorian Gray‹, geschrieben von einem Mann namens Oscar Wilde. Ich nehme an, der Name Dorian hat es ihr irgendwie angetan. Er kam ihr als etwas Besonderes vor, und darum hat sie ihn für mich gewählt.«

Das Mädchen kannte den Roman – die teilweise bekenntnishafte Darstellung eines bedenkenlosen Genußmenschen, der an seiner Zügellosigkeit zugrunde geht.

Seltsam, dachte das Mädchen. Was für Gedanken mochten dieser Mutter im Kopf herumgegangen sein, als sie ihren Sohn Dorian nannte? War ihr kein anderer Name in den Sinn gekommen? Hatte sie gehofft, daß dieser Mann einmal in einer ausgelassenen, vielleicht ausschweifenden Weise alles genießen würde, was das Leben zu bieten hatte, egal, ob es recht oder unrecht war? Also alles, was die Mutter selbst entbehren mußte?

Das Mädchen erschrak. Hätte Dorian nicht auch auf die Idee kommen können, sie zu fragen, warum sie Alaska hieß oder immerhin diesen Namen genannt hatte? Welche Antwort hätte sie ihm gegeben?

Aber er hatte nicht gefragt, so unerklärlich das auch war, und um die Frage gar nicht erst aufkommen zu lassen, nahm sie ihm das Glas aus der Hand. Sie küßte ihn auf die Lippen, legte sich mit einer schnellen Bewegung auf ihn, erstickte mit ihrem Körper das, was zu einem gefährlichen Zweifel hätte werden können. Weber schloß die Augen. Ein lustvoller Laut kam über seine Lippen.

Ihre impulsive Geste weckte in ihm den einen Wunsch wieder, der ihn die ganze Zeit über beherrscht hatte ...

Sie hatte sich von ihm gelöst, sie saßen nebeneinander, lehnten sich ans Kopfende des Bettes, sie hielten die Gläser in der Hand, und Weber sagte: »Mir geht nicht aus dem Kopf, daß wir für immer zusammenleben könnten.«

»Ich habe auch die ganze Zeit daran gedacht. Aber wir sind beide arbeitslos, Dorian. Könnten wir so zusammenleben? Ich habe Angst, daß die Notwendigkeit, Geld zu besitzen, eines Tages alles erdrücken würde.«

»Ich glaube, unserer Liebe würde das nichts ausmachen. Ich meine ...«

»Ich weiß, was du meinst«, sagte sie.

Ein kaltes, unfreundliches Dämmerlicht kroch durch die Gardinen. Unaufhaltsam drang die Wirklichkeit ein. Als Weber aufblickte, sah er, daß Alaska das Bett verlassen hatte und sich anzog.

»Ich habe Arbeit gesucht, und ich suche immer noch«, sagte Weber, als müsse er Argumente auf sie werfen wie ein Lasso, das sie band. »Manchmal habe ich da einen Job, manchmal dort, meist gar keinen. Wenn du willst, werde ich alles annehmen, nur damit du siehst, daß es mir ernst ist.«

Sie trug blaue Cordjeans und einen blauen Pullover, aber sie hätte auch in Lumpen gehen können und wäre immer noch eine blendende Erscheinung gewesen. Sie setzte sich auf den Bettrand.

»Überlegst du es dir?« fragte Weber.

Sie zeichnete mit dem Zeigefinger unsichtbare Muster auf das

Laken. Sie hielt den Kopf gesenkt, während sie sagte: »Vielleicht eigne ich mich gar nicht dazu, mit einem Mann zusammenzuleben.«

»Du hast heute bestens bewiesen, daß du es kannst.«

»Es geht nicht nur um das. Wir können unser Leben nicht nur im Bett verbringen.«

Sie ist nervös, dachte er. Wahrscheinlich bin ich der erste Mann, der ihr einen solchen Vorschlag macht.

Alaska merkte, daß sie an dem entscheidenden Punkt angekommen waren. Es war gefährlich, weiterhin Vortäuschungen zu machen, wenn die Basis zu schmal und die Täuschung zu groß wurde. Sie wollte nicht, daß Weber ihr auf die Schliche kam. Sie erhob sich und ging langsam zur Tür.

Aber Weber wollte eine Entscheidung oder wenigstens eine Hoffnung. »Auch das Geld ist nicht alles«, meinte er. »Wenn man sich liebt, kann man miteinander leben. Dann will man das sogar.«

Weber hatte nie gelernt, das, was man hat, höher zu setzen als das, was man vielleicht erringen könnte, denn er hatte nie etwas besessen.

Alaska drehte sich um. Sie war entschlossen, und diese Entschlossenheit gab ihr einen straffen Zug um den Mund, den Weber nicht bemerkte.

»Vielleicht weiß ich eine Möglichkeit, Geld zu verdienen«, sagte sie.

In der ersten, beinahe schockartigen Überraschung entging es Weber, daß sie von Möglichkeit gesprochen hatte und nicht von Arbeit. Es gab viele Möglichkeiten, zu Geld zu kommen, und nicht jede hatte mit Arbeit zu tun.

»Das wäre ja der Hammer«, lachte er.

»Morgen abend um sieben Uhr weißt du mehr. Sei zu Hause.«

»Darauf kannst du dich verlassen!«

Sie küßte ihn auf den Mund, leicht und doch versprechend, wie bei einem vorübergehenden Abschied. »Ich muß gehen. Vergiß nicht, morgen hast du eine Chance.«
Sie lief aus der Wohnung, und ihre Schritte klapperten die Treppe hinunter.

Der Abschied war schnell gekommen, aber nicht überraschend. Sie mußte ja wieder gehen, konnte doch nicht von einer Stunde auf die andere zu ihm ziehen. Wahrscheinlich mußte sie es zuerst einmal ihren Eltern beibringen. Aber eines Tages würde sie bleiben, davon war Weber überzeugt.
Er fühlte sich von einem unbändigen Tatendrang durchströmt. Er würde sie nicht enttäuschen. Was immer es auch sein mochte, er würde die Arbeit annehmen. Sie sollte sehen, wieviel sie ihm bedeutete. Vielleicht würden sie sogar heiraten. Er lachte leise. Zum erstenmal dachte er an so etwas.
Er konnte kaum den nächsten Tag erwarten. Er getraute sich nicht, aus dem Haus zu gehen. Vielleicht mußte Alaska ihn aus irgendeinem Grund erreichen. In dem Zustand gespannter Erwartung, in dem er sich befand, rauchte er eine Zigarette nach der anderen.
Endlich schlug es von der St.-Jakobs-Kirche sieben Uhr. Beinahe untergehend im letzten Schlag klingelte es an der Wohnungstür.
Weber sprang auf. Er hatte sich ausgemalt, wie er sich verhalten würde, wenn sie vor der Tür stand. Er würde sie in die Arme nehmen und ihr seine Liebe und seine Bereitschaft zeigen, alles für sie zu tun. Er riß die Tür auf, strahlte über das ganze Gesicht und streckte die Arme aus.
Vor der Tür stand ein Mann.
»Dorian Weber?« fragte er leise, aber in einem Ton, der Weber zurückzucken ließ.
Er nickte.

Der Mann schob sich seitlich in die Wohnung hinein, schloß die Tür und drehte den Schlüssel, alles ohne jedes Geräusch.
Weber rang nach Fassung. Er begann zu stammeln: »Wer sind Sie? Warum kommen Sie einfach so herein? Ich ... ich erwarte ...«
»Sie erwarten mich.«
Er war so perplex, daß er gar nicht wütend zu werden vermochte. Mit größter Mühe schüttelte er den Kopf.
Der Mann packte ihn bei den Schultern und schob ihn ins Wohnzimmer. »Sie kommt nicht, sie kommt überhaupt nie mehr. Es ist das beste, Sie vergessen Alaska«, sagte er kalt.
Da mußte eine Verwechslung vorliegen, etwas anderes konnte gar nicht sein. Dorian war keines klaren Gedankens fähig, nur eines schälte sich mit aller Deutlichkeit heraus: Der Mann hatte den Namen Alaska genannt.
»Sie lügen«, murmelte Weber mit schwerer Zunge.
Der Mann verzog die Oberlippe zu einem angewiderten Lächeln. Er war groß und hager, hatte eine Stirnglatze und dunkles, schütteres Haar, das auf seinem schmalen Kopf streng nach hinten gekämmt war. Sein kantiges, blasses Gesicht mit den buschigen Brauen und den eng beieinanderstehenden Augen sah verschlagen aus. Er wirkte wie ein Zuhälter, der auf ein Geschäft lauerte.
Er trug eine schwarze Hose und einen schwarzen Regenmantel. Die Hände waren lässig in den Taschen vergraben, aber Weber hatte das Gefühl, daß der Mann auf dem Sprung war, sie in Sekundenbruchteilen aus den Taschen zu nehmen – und das nicht, um sie ihm freundlich entgegenzustrecken.
Dorian Weber wußte nicht, wie ihm geschah. Er hatte auf seine Geliebte gewartet, und gekommen war diese Gestalt, die ihm Angst einjagte.
»Ich will wissen, was mit Alaska ist«, stieß Weber schließlich hervor, mehr atemlos als energisch.

»Das sagte ich Ihnen bereits.« Der Mann sprach Hochdeutsch. Seine Stimme war dünn und spröde wie die erste Eisschicht am Anfang des Winters.

»Sie kommt nie mehr?«

Der Mann nickte.

»Was haben Sie mit ihr gemacht?« schrie Weber und tat einen Schritt auf ihn zu.

Der Mann mit der Stirnglatze beugte sich vor, als wolle er zuschlagen, und das stoppte den Jungen, als wäre er gegen ein Hindernis gelaufen. Der körperliche Kampf war nicht seine Methode, ein Problem zu lösen. Er war es gewohnt, sich zu ducken.

»Sie wollen Geld, und Sie wollen das Mädchen«, sagte der Fremde. »Und Sie wollen aus dem Dreck raus, in dem Sie leben. Deshalb bin ich gekommen.«

Weber schaute ihn nur stumm an. Er fühlte sich wie zerschlagen und körperlich gezüchtigt, so groß war der Schock.

Er nahm seinen ganzen Mut zusammen. »Ich will wissen, wo Alaska ist«, sagte er zitternd vor Erwartung. »Und wenn Sie mir keine Antwort geben, rufe ich die Polizei.«

Wieder hob der Mann die Oberlippe zu einem Lächeln höhnischer Herablassung. »Was wollen Sie denn der Polizei sagen? Glauben Sie, daß ein Polizist wegen Ihres Gefasels auch nur vom Stuhl aufsteht? Sie müssen sich eines ganz klar vor Augen führen: Ein Mädchen wie Alaska hängt sich nicht an einen Kerl wie Sie, der überhaupt nichts zu bieten hat. Sie sind ohne jede Bedeutung. Damit müssen Sie sich abfinden. Alaska sagte, sie wisse eine Möglichkeit, Geld zu verdienen. Wenn Sie aufhören würden, aggressive Reden zu schwingen, hätten Sie eine Chance.«

Weber holte tief Luft. »Dann reden Sie, wenn Sie etwas anderes von sich geben können als nur Drohungen.«

Der Mann setzte sich in einen alten Sessel mit abgewetztem

Überzug. Er redete nicht lange um die unangenehmen Wahrheiten herum.
Er schien sich zu entspannen, aber nur ein wenig, nachdem der ersten Gefahr, die eine solche Begegnung stets in sich barg, die Spitze genommen worden war. Aber noch immer hielt er den mageren, arbeitslosen, verliebten und getäuschten Blonden genau im Blickfeld.
Es war plötzlich sehr still im Zimmer. Es war eine spürbare Stille, als stoße man an einen Gegenstand; eine Stille auch, die sich auf Kehle und Brust legte und das Atmen erschwerte.
Weber wurde plötzlich klar, was er seit dem Erscheinen des Mannes empfand: Gefahr.
»Es ist leichtes Geld, das Sie verdienen können«, sagte der Mann in die schwere Stille hinein. »Sie müssen dafür nur wenig tun, aber niemand darf davon wissen. Sie erledigen mal dies, mal das, Sie beschaffen mir Informationen, die ich benötige. Alles wird bezahlt, und zwar gut. Es gibt nur zwei Bedingungen: Sie werden niemandem auch nur ein Sterbenswörtchen erzählen, und Sie erledigen die Aufträge ohne Widerrede. Sie werden niemanden umbringen müssen, und Sie werden niemanden zusammenschlagen müssen. Dazu wären Sie sowieso nicht in der Lage«, meinte er mit hochgezogenen Augenbrauen.
»Sie werden mir besorgen, was ich wünsche«, fuhr er fort. »Das kann am frühen Morgen, das kann aber auch mitten in der Nacht sein. Und noch einmal, Sie kriegen gutes Geld dafür. Um eine Arbeit, wo Sie am Morgen hingehen und am Abend heimkommen, brauchen Sie sich nicht mehr zu kümmern. Sie haben eine einmalige Chance. Es liegt nur an Ihnen. Sie können in Ihrem bisherigen Mief weiterleben – als Arbeitsloser befinden Sie sich ja doch nur am Rande der Gesellschaft –, oder Sie können allem entfliehen. Vielleicht . . . vielleicht mit Alaska. Sie haben sich nur bedingungslos unterzuordnen.«
Dorian Weber verstand nur das eine Wort: Alaska. Welche

Rolle sie in dieser mehr als zwielichtigen Angelegenheit auch spielen mochte – er war in sie verliebt.

Darum bedachte er auch nicht die Tatsache, daß Geld nie leicht verdient wird, es sei denn, man läßt andere für sich arbeiten.

»Sie sagten, ich soll das Mädchen vergessen, und jetzt sagen Sie, vielleicht kommt Alaska doch wieder. Was stimmt denn nun?«

»Das kommt darauf an, wie Sie sich verhalten.«

»Und wie soll ich mich verhalten?«

»So, wie ich gesagt habe.«

Also keine Garantien, sondern nur Versprechungen, die nicht gehalten werden mußten. Weber fühlte sich verunsichert wie noch nie zuvor.

Der Mann trat ans Fenster, betrachtete gedankenverloren den spärlichen Verkehr unten auf der Straße oder tat jedenfalls so. Plötzlich drehte er sich um, und Weber zuckte zusammen, als hätte man eine Pistole auf ihn gerichtet.

»Ich melde mich, wenn ich Sie brauche«, erklärte der Mann im schwarzen Regenmantel. »Aber erstes Gebot: absolutes Stillschweigen. Dann kriegen Sie Geld, und es wird Ihnen gutgehen.«

»Kann ich es mir noch überlegen?«

»Das ist genau das, was ich nicht hören wollte. Glauben Sie denn, Sie befinden sich in einer Position, die Ihnen auch nur annähernd erlaubt, diese Frage zu stellen?«

Mit einem Mal kam Weber ein furchtbarer Gedanke. »Spionage?« fragte er gepreßt.

Der Mann zuckte die Schultern. »Vielleicht.«

Weber atmete schwer. »Ich kann also ins Gefängnis kommen, wenn man mich erwischt. Und was habe ich dann von Alaska? Und was habe ich von dem Geld?«

»Es passiert Ihnen nichts, wenn Sie sich an meine Anweisungen halten«, sagte der Mann leise, aber sehr scharf.

Weber glaubte ihm kein Wort.

»Ich weiß noch immer nicht, was ich tun muß«, murmelte er, und seine Stimme bekam einen quengelnden Unterton.
»Wenn der Moment gekommen ist, werde ich es Ihnen schon sagen.«
»Und wie erreiche ich Sie?«
»Ich werde *Sie* erreichen.«
Weber nickte. Es wurde über ihn bestimmt. Er hatte nichts anderes erwartet, weil er es gewohnt war. »Sie werden wohl nichts dagegen haben, wenn ich Sie frage, wie Sie heißen. Das ist doch das mindeste, was man als Partner erwarten darf.«
»Wir sind keine Partner«, bemerkte der Mann trocken. »Sie arbeiten für mich. Das ist ein Unterschied. Im übrigen – nennen Sie mich Manfred. Das genügt.«
Weber fühlte instinktiv, daß dieser Manfred, oder wie immer er auch heißen mochte, in irgendeiner Weise auf ihn angewiesen war. Leute, die man für solche Aufgaben einsetzen konnte, gab es offenbar doch nicht wie Sand am Meer. Vielleicht befand er sich gar nicht in einer so schlechten Position.
»Und was springt dabei für mich heraus?« fragte er.
Vorerst wollte er einmal auf die Spielregeln des Hageren eingehen.
Manfred musterte ihn von oben bis unten, als wäre Weber eine Ware, die er kaufen wollte, als hätte er sich aber noch nicht entschlossen. Er nahm ein Kuvert aus der Brusttasche seines Regenmantels, öffnete es und legte eine Fünfhundertfrankennote auf den altmodischen Wohnzimmertisch. Daneben ein Blatt Papier.
»Sie fragten vorhin, ob Sie sich das alles überlegen könnten«, sagte Manfred. »Vielleicht hilft Ihnen dieses Scheinchen bei Ihren Überlegungen ein wenig. Sie erhalten das Geld, ohne dafür etwas tun zu müssen. Nur damit Sie meinen guten Willen sehen. Damit Sie sich gleich für die Zukunft daran gewöhnen können, unterschreiben Sie diese Quittung. Damit nagle ich Sie

fest, wenn Sie irgendwelche Sperenzchen machen wollen«, schloß Manfred ohne jede Spur von Drohung in der Stimme. Es sollte nichts weiter als eine Feststellung sein.
»Und noch etwas«, fuhr Manfred fort, ohne den Tonfall zu ändern. »Machen Sie sich keine romantischen Vorstellungen von dem, was Sie zu tun haben werden. Es ist nüchterner Alltagskram und kein bißchen mehr. Vergessen Sie alles, was Sie bisher im Kino gesehen oder irgendwo gelesen haben. Die Wirklichkeit ist ganz anders.«
Da war die Angst wieder, hervorgerufen durch das bloße Erwähnen der Wirklichkeit. Und da war die Macht und Bedrohlichkeit ausstrahlende Anwesenheit dieses Mannes. Mit schweren Gliedern, wie in Trance, kritzelte Weber seine Unterschrift auf die Quittung. Manfred steckte sie ein. Weder Triumph noch Genugtuung spiegelte sich auf seinem schmalen Gesicht.
Er schaute Weber ein paar Sekunden an, sagte: »Ich melde mich« und verschwand aus der Wohnung, nichts zurücklassend als Angst und Verwirrung.

Wie jeder Zeitungsleser war auch Weber tagtäglich mit jeder Menge Meldungen über Raub, Mord, Erpressung, Terrorismus und Spionage konfrontiert worden. Verbrechen gehörten zum Alltag der Menschen. Aber das alles war ja weit weg gewesen. Und dann stand eines Tages wie ein Blitz aus heiterem Himmel ein Mann da, und plötzlich gehörte man zu den direkt Betroffenen. Alles erhielt plötzlich eine andere und vor allem gefährliche Dimension.
Dorian Weber saß da, als fröre er. Er kam sich vor wie halbtot, und doch tobte in seinem Innern ein Aufruhr. Ihm war zumute, als hätte er ein packendes Theaterstück gesehen, hätte ganz vorn an der Bühne gesessen und deshalb alles besonders eindrücklich erlebt.
Aber es gab kein Theater und keine Schauspieler. Er selbst war

die handelnde Person, und er hatte die mieseste Rolle erwischt. Und jetzt kroch die Kälte unaufhaltsam auf ihn zu, die Kälte und die Angst, und es gab keine andere Empfindung mehr.
Erst nach einiger Zeit konnte er die Lage, in der er sich befand, wenigstens annähernd erfassen. Er war belogen und benutzt worden, zumindest von einer Person: von Alaska. Man hatte seine Arbeitslosigkeit ausgenützt und den Umstand, daß er kein Geld hatte und schon gar keinen eigenen Willen, weil er bisher noch nie einen haben durfte. Er war ein Niemand, labil und leicht zu manipulieren. Das wurde ihm nun bewußt.
Und wie ein gezielter Schlag überfiel ihn jetzt eine Erkenntnis, die einen Augenblick lang alles andere verdrängte und so deutlich war, als stünde sie vor ihm auf eine Tafel geschrieben: Da gab es also jemanden, der genau über ihn Bescheid wußte. Diese Erkenntnis war niederschmetternder als das Erlebnis mit dem Mann namens Manfred.
Wer war dieser gefährliche, gesichtslose Jemand? Manfred? Oder gar Alaska? Waren es mehrere Personen gewesen oder nur eine? Und wie waren sie ausgerechnet auf ihn gekommen? Da hatten sie ihn also seit Wochen ausspioniert. Es gab gar keine andere Möglichkeit. Von einem Tag auf den andern konnte man über einen Menschen nicht soviel Material zusammentragen, daß er wie nackt dastand. Und nie hatte Weber etwas gemerkt. Das gehörte zur Taktik der schleichenden Schnüffler. Sobald sie genug Wissen über ihr Opfer angesammelt hatten, gingen sie zum Angriff über.
Weber war ohne das geringste eigene Dazutun und völlig ahnungslos in den Interessenbereich einer unsichtbaren Macht gelangt, und er war ihr hilflos ausgeliefert, weil er sie nicht fassen konnte. Er war nur eine Figur, deren Fäden unbekannte, gestaltlose Drahtzieher in den Händen hielten, um sie in die wirkungsvollste Position zu bringen – oder fallenzulassen.
Die Angst wurde nun so groß, daß Weber mit irren Blicken um

sich schaute, als halte sich der Gegner irgendwo in der Wohnung versteckt. Er sprang auf, lief keuchend und wie gehetzt durch die Zimmer, sperrte die Wohnungstür ab, schloß die Fenster und zog die Vorhänge zu – und noch immer konnte er sich nicht beruhigen.

Aber mit einem Mal schlug die Angst in Zorn um, und er begann sich zu ärgern. Es erboste ihn, daß irgend so ein Kerl mir nichts, dir nichts daherkam und sich aufspielte wie Gott weiß wer. Der glaubte wohl, der Weber duckt sich, wenn irgendein hergelaufener Ausländer droht und hohe Töne singt. Nicht mit mir, dachte er. Und Alaska oder wie immer das blonde Gift auch heißen mochte, war bei ihm ebenfalls an der falschen Adresse. In Weber erwachte Widerstand. Seine Ehre war kaputtgemacht worden, er wollte sie wiederhergestellt sehen.

Er wußte genau, daß er weder gegen die selbstsichere, schöne Alaska noch gegen den arroganten Leisetreter Manfred ankommen konnte. Weber hatte nie gelernt, sich zu wehren. Es gab immer solche, die schlugen, und solche, die Schläge kriegten. Er hatte stets zu den letzteren gehört und es als selbstverständlich hingenommen.

Aber jetzt war das Faß zum Überlaufen gebracht worden. Zum erstenmal lehnte er sich auf. Er selbst konnte nichts ausrichten. Aber es gab jemanden, der diese Angeber zur Schnecke machen konnte: die Polizei.

Die ganze Nacht saß er in einem Sessel, nickte ein, schreckte, von Alpträumen geplagt, wieder auf und konnte kaum den ersten trüben Tagesschimmer erwarten.

Am frühen Morgen lief er aus dem Haus, sah sich an jeder Straßenecke um, ob ihm jemand folgte, und schwer atmend, aber erleichtert traf er auf dem Kommando der Stadtpolizei am Bahnhofquai ein.

Seine Aussage war an die Bundespolizei in Bern weitergeleitet worden, die durch Otto Weiss den Inspektor Vonderau auf die Fährte gesetzt hatte. Der Bundespolizist hatte Kontakt mit Weber aufgenommen, und jetzt saßen sie in der warmen Mittagssonne im Garten des Restaurants Strohhof.

Faszinierend, dachte Vonderau wieder. Einerseits eine neue Vorgehensweise, andererseits das gleiche alte, miese Spiel mit den Schwächen und den Gefühlen eines Menschen. Das Mädchen hatte Weber den Himmel auf Erden vorgegaukelt, dann traf durch das Erscheinen von Manfred das genaue Gegenteil ein. Der junge Mann war schockiert. Das machte ihn wehrlos. Und alles war bewußt und perfide vorbereitet worden.
»Wo wohnt das Mädchen?«
»Ich weiß es nicht.«
»Sie kennen weder die Adresse noch den richtigen Namen der Frau?«
Weber schwieg. Er hatte diesem Polizisten doch schon einmal erklärt, warum er es nicht wußte. Die bloße Anwesenheit des Mädchens war genug gewesen, um alles andere unwichtig erscheinen zu lassen. Fragen hatte er schon gar nicht stellen wollen, sie hätten ja unangenehme Antworten zur Folge haben können.
»Und von diesem Manfred«, fragte Vonderau, »was wissen Sie von dem?«
Er hatte die Frage nur gestellt, um nichts auszulassen, obwohl er die Antwort ahnte. Er täuschte sich nicht.
»Nur das, was ich Ihnen erzählt habe.«
Kein Berg ist hoch genug, um die Leichtgläubigen vor den Raffinierten zu schützen, schoß es Vonderau durch den Kopf. Webers Antwort hatte die langjährigen Erfahrungen des Inspektors wieder einmal bestätigt.
In der Seemannssprache kannte man den Begriff vom Schott. Jeder Schiffsrumpf war in Schotten unterteilt, welche die Si-

cherheit vor dem Sinken erhöhten. Da sie wasserdicht waren, konnte das Wasser nie den ganzen Rumpf überfluten, wenn eines dieser Schotten ein Leck bekam. Solange es nur *eine* undichte Stelle gab, war das Schiff unsinkbar.

Spionageunternehmen und kriminelle Organisationen handelten nach dem gleichen Prinzip. Sie sorgten dafür, daß jeder Beteiligte nur seine Kontaktperson kannte und von ihr auch nur das Notwendigste wußte.

Diese Organisationen waren hierarchisch strukturiert, vom obersten Boß bis zum kleinsten Niemand, der die Dreckarbeit machte. Flog einer auf, konnte er kaum etwas verraten. Das »Schiff« sank nicht. »Abschotten« nannte man das.

Weber gehörte natürlich der untersten Stufe dieser Hierarchie an. Und an mir, dachte Vonderau weiter, liegt es jetzt also, ein Leck in eines dieser Schotten zu schlagen. In der Mannschaft wird Unruhe aufkommen, und vielleicht gelingt es dann, weitere Schotten undicht zu machen, bis das Schiff sinkt.

Ein schwieriges, zermürbendes, meist gefährliches und oft sogar ein aussichtsloses Stück Arbeit. Er holte tief Luft. Er suchte nach dem ersten Schritt.

Weber riß den Polizisten aus seinen Überlegungen. »Ich will da heraus«, stieß er keuchend hervor. »Ich mache nicht mit, Herr Vonderau, verstehen Sie das? Ich habe Angst. Ich bin zu Ihnen gekommen, damit Sie mir helfen. Ich habe Ihnen alles erzählt, jetzt müssen Sie weitermachen.«

Vonderau versuchte ein Lächeln. »Jetzt beruhigen Sie sich erst einmal«, sagte er. »Dieser Manfred wird Sie nicht gleich ausradieren wie einen falschen Buchstaben. Wir müssen überlegen, wie wir am besten vorgehen.«

»Ich traue mich kaum mehr nach Hause«, sagte Weber. »Mir ist, als ob hinter jedem Baum, hinter jeder Hausecke jemand auf der Lauer liegt, um mir zu folgen. Vor jedem Klingeln an

der Wohnungstür habe ich Schiß, sogar in der eigenen Wohnung fühle ich mich denen ausgeliefert.«
Der junge Mann will also aussteigen, dachte Vonderau. Das war verständlich. Er hatte Angst, und das sicher nicht zu Unrecht. Es schien, als würde diese Affäre für ihn, den Bundespolizei-Inspektor, ein rasches Ende finden. Es bestanden kaum Möglichkeiten, diesen Manfred zu fassen. Schwamm drüber.
»Können Sie denn nicht irgend etwas tun?« fragte Weber verzweifelt.
Vonderaus Zähne blinkten in einem halben Lächeln auf. »Das ist leider kein Film, den man anhalten kann, und dann passiert nichts mehr«, sagte er. »Aber Sie brauchen sich keine Sorgen zu machen«, schloß er vage. Er wollte nicht zeigen, wie groß die Sorgen waren, die er sich machte.
»Ich brauche mir also keine Sorgen zu machen«, maulte Weber. »Was für ein Trost! Aber was soll ich denn tun? Und was tun Sie? Einfach warten?«
»Das ist eine ausgezeichnete Frage, und ich wollte, ich wüßte die Antwort darauf«, gestand Vonderau.
Der junge Mann fuhr sich mit beiden Händen durch sein blondes Haar. »Da habe ich mich bemüht, sauber zu bleiben, und ich bin fast verreckt dabei, ich habe jeden Dreckjob angenommen, um einigermaßen ehrlich zu bleiben. Wie einem dabei zumute ist, kann sich nur jemand vorstellen, der selber arbeitslos ist. Und jetzt das.«
»Machen Sie sich keine Sorgen«, wiederholte Vonderau. Aber er wußte, daß dies kein guter Rat war. Wer einmal in die Fänge eines Geheimdienstes oder einer ähnlichen Organisation geraten war, mußte sich Sorgen machen.
Und er, Vonderau, mußte sich überlegen, wie er Weber am besten helfen konnte. Vielleicht hatte dieser Manfred sein Äußeres verändert und tatsächlich beobachtet, wie Weber mit Vonderau sprach, und vielleicht bereitete er sich nun darauf

vor, irgendwann einen neuen Versuch zu starten. Nein, gegen einen solchen Profi – und als solchen betrachtete Vonderau diesen Manfred – hatte er in der jetzigen Situation keine Chance. Aber da war noch das Mädchen.
Vonderau beugte sich vor. »Wissen Sie, ganz ungeschoren möchte ich die beiden nicht lassen«, sagte er. »Das müssen Sie verstehen. Immerhin hatten sie im Sinn, gegen unser Land vorzugehen. Diesen Manfred haben Sie nur einmal gesehen. Aber diese Alaska ... Sie haben ... ja, Sie haben mit ihr geschlafen. Sie müssen Sie doch besser kennen.«
»Ich könnte sie zeichnen, wenn ich zeichnen könnte«, murmelte Weber.
Vonderau horchte auf. In diesem Augenblick kam ihm eine Idee.

2

Dominik Vonderau, der Bundespolizei-Inspektor, war weder besonders mutig noch besonders ehrgeizig.
Äußerlich entsprach er in keiner Weise dem Klischee eines Mannes, der Agenten bekämpfte. Er hatte Charme und sah jünger aus, als er war. Er haßte Ledermäntel, die zwei Kilometer gegen den Wind nach Polizei rochen, und wie für gute Agenten galt auch für ihn als oberstes Gebot, nicht aufzufallen.
Er löste die Fälle mit dem Kopf, nicht mit der Faust. Er war nicht wenig stolz darauf, noch nie auf einen Menschen geschossen zu haben, aber wenn ihn jemand in den Arsch trat, zögerte er nicht, kräftig zurückzutreten.
Vonderau war Weintrinker und einer guten Mahlzeit nie abgeneigt. Um das auszugleichen, achtete er auf körperliche Fitneß, nahm regelmäßig am Karatetraining teil und absolvierte die verlangten Schießprogramme, obwohl er beides nicht mochte. Auch nach all den Jahren hatte der Beruf ihn nicht zum Zyniker

gemacht. Er nahm sich vor, alles zu tun, um Dorian Weber zu helfen.

Einen Arbeitslosen, der kaum ein Geldstück in der Hand hatte, das er zu seinem Vergnügen ausgeben konnte, führte der Weg meist sehr schnell abwärts, wo er sich im Nichts verlor. Ein Wunder, daß Weber noch nicht dort gelandet war. Das konnte sich einer, der dies nie am eigenen Leib erfahren hatte, gar nicht vorstellen.

Es ärgerte Vonderau, daß Leute wie Manfred so leichtes Spiel hatten. Sie waren immer einen Zug voraus, weil sie das Spiel eröffnet hatten. Diesen Vorteil wettzumachen, war oft unmöglich. Er hatte es zur Genüge erlebt. Aber nie hatte er sich damit abgefunden.

So wie es bei der Kriminalpolizei genug Morde gab, die unaufgeklärt blieben, gab es bei der Spionageabwehr Fälle, bei denen die Beamten zu spät gekommen waren. Vonderau war mehr als einmal wütend darüber geworden, daß er und seine Kollegen oft von Ereignissen erst dann Kenntnis erhielten, wenn ein erfolgreiches Eingreifen bereits aussichtslos war.

Sein Vorgehen war auch damit zu erklären, daß er auf seine Erfahrung vertraute, Vorurteile und gewisse Gefühle abgebaut hatte und sich souverän Dinge erlaubte, die eigentlich nicht erlaubt waren.

Vonderau war im Begriff, genau das zu tun.

Während der Nachmittag fortschritt und sie schon zweimal Kaffee nachbestellt hatten, überkam Vonderau ein seltsam erregendes Gefühl, eine Art Jagdfieber. Und gleichzeitig, weit weg im Unterbewußten, formte sich die Gewißheit, daß nun Risiken eingegangen werden mußten.

Es war nicht jenes Jagdfieber, wie es Jäger im Wald verspürten, sondern eine unbestimmte, angstvolle Neugierde auf das, worauf er sich da einließ. Vonderau war sich bewußt, daß er ein Menschenleben in der Hand hielt.

»Sie haben mir noch immer nicht gesagt, was ich tun soll«, drängte Weber.
»Sie können etwas für *mich* tun«, erwiderte Vonderau mit einer Stimme, als erwähne er es nur so nebenbei.
Der junge Mann zuckte zurück, als habe er einen elektrischen Draht berührt. »Was?«
Um die Distanz wieder zu verringern, beugte sich Vonderau vor. »Schauen Sie, Sie haben ein Anliegen, ich habe auch eines ... wir sollten die Sache einmal durchsprechen.«
»Aber das haben wir doch die ganze Zeit getan.«
Vonderau schüttelte den Kopf. »Das war erst der Anfang.«
»Was haben Sie vor?«
»Ich erkläre es Ihnen«, antwortete Vonderau.

Immer damit rechnend, daß vielleicht doch jemand irgendwo herumstand, der auf das Erscheinen von Dorian Weber wartete, parkte Vonderau den Wagen bei einer Autozubehörfirma an der Brauerstrasse. Es mußte gar nicht Manfred persönlich sein, der sich des jungen Mannes annahm. Schon die Tatsache, daß das Mädchen Alaska für ihn arbeitete, ließ vermuten, daß es noch andere Helfer gab.
»Sie wissen genau, wie's weitergeht?« fragte Vonderau.
Weber nickte.
»Erzählen Sie es mir trotzdem noch einmal.«
Weber hielt die Hände im Schoß gefaltet, aber es sah nicht so aus, als bete er. »Ich gehe jetzt in meine Wohnung, und wenn alles in Ordnung ist, knipse ich kurz das Licht an. Das muß innerhalb von zwei Minuten von dem Augenblick an geschehen, wo ich das Haus betrete. Leuchtet das Licht nicht auf, wissen Sie, daß etwas nicht stimmt. Und dann kommen Sie sofort zu mir herauf.«
»Richtig. Sie brauchen sich wirklich keine Sorgen zu machen.«
»Trotzdem, mir ist nicht wohl bei der Sache.«

»Das verstehe ich. Aber es kann gar nichts passieren.«
»Sie müssen es ja wissen.«
»So ist es, Herr Weber«, sagte Vonderau. »Und wie geht es weiter?«
»Ich schließe mich in der Wohnung ein, ich verhalte mich still. Jede Viertelstunde rufen Sie mich an, um sich zu vergewissern, daß nichts schiefläuft, und wenn jemand mit mir Kontakt aufgenommen hat, benachrichtige ich Sie davon.«
»Perfekt.« Vonderau nahm ein kleines Notizbuch und einen Kugelschreiber aus dem Handschuhfach, kritzelte etwas auf ein Blatt, riß es heraus und reichte es Weber. »Hier ist die Nummer meines Autotelefons. Falls sich innerhalb unserer viertelstündlichen telefonischen Sicherheitskontakte etwas ereignet, können Sie mich unter dieser Nummer jederzeit erreichen.«
Weber hielt den Zettel in der Hand, als würde er nicht klug aus dem, was da gespielt wurde. Er war nicht der einzige. Auch Vonderau vermochte nicht zu sagen, wo das enden würde, was da soeben begann.
»Um sieben Uhr hole ich Sie ab«, fuhr der Inspektor fort. »Dann fahren wir zu mir.«
Nach einer Weile hob Weber den Kopf und sah Vonderau an. »Warum eigentlich?«
»Es gibt noch etwas zu erledigen.« Er legte dem jungen Mann beruhigend die Hand auf den Arm. »Machen Sie's gut. Und noch mal: Keine Angst! Halten Sie sich immer genau an die Instruktionen!«
Weber öffnete die Türe und stieg aus. Er ging um das Auto herum und kam sich plötzlich allein und verwundbar vor. Es schien ihm, als hätte er nicht einen Wagen, sondern eine sichere Festung verlassen und müßte einem Feind gegenübertreten, den er nicht sah, der aber irgendwo lauerte und plötzlich hervorbrechen konnte.
Er blieb stehen und schluckte krampfhaft, um den schmerzen-

den Kloß in seinem Hals hinunterzuwürgen. Die Wohnung war keine dreihundert Meter entfernt. Mit einem eiskalten Gefühl im Nacken machte er sich auf den Weg.
Blicke aus tausend Augen schienen ihm zu folgen, als er die Straße überquerte, wie eine Schar von Kobolden, die nicht zu fassen waren. Kinder stürzten aus dem nahen Schulhaus, lärmten und schrien, aber das alles lenkte Weber nicht ab, schützte ihn nicht. Wenn jemand auf ihn schießen wollte, würde er es jetzt tun, auch wenn Kinder dabei draufgingen.
Weber hatte das nicht zu verscheuchende Gefühl, daß irgendwo Manfred oder einer seiner Leute steckte und ihn beobachtete. Sie waren an ihm interessiert, also gaben sie auf ihn acht. Weglaufen hätte ihm nicht viel genutzt. Und daß er weglief, hätte nicht nur Manfred, sondern auch Vonderau verhindert.
Er fühlte sich wie ein Hase, der zwischen Gewehren läuft und nicht weiß, welches davon losgeht, und der hofft, daß der Knall das einzige ist, was er wahrnehmen wird, daß kein Schmerz zu fühlen sein wird. In seinem Magen zuckte es; das Herz hämmerte gegen die Rippen.
Und das alles an einem zu Ende gehenden Frühlingstag, um vier Uhr nachmittags. Das Licht fiel schräg zwischen die Häuser, wurde trüber und kalt, und die Schulkinder verloren sich langsam, um vor Einbruch der Dunkelheit zu Hause zu sein.
Weber spürte die Feuchtigkeit in den Achselhöhlen und auf den Händen. Vor Angst schwitzen – hatte er das nicht ein Leben lang getan?
Trotz der Autos, die ab und zu vorüberfuhren, empfand sich Weber eingehüllt in ein Schweigen, aus dem ganz deutlich eine Stimme zu hören war: das harte Hochdeutsch von Manfred.
Der Junge begann schneller zu gehen, atmete im Takt seiner Schritte, und je länger es dauerte, je länger nichts geschah, desto heftiger pumpte sein Herz. Unbewußt zog er den Kopf ein. Nur zu deutlich konnte er sich erinnern, wie es war, wenn

einen plötzlich eine Faust traf, wenn ein spitzer Schuh wie ein Messer in die Seite fuhr.

Er war der Schlechteste in der Klasse gewesen, ein bedeutungsloses Anhängsel, das man unwirsch mitschleppte. Und auch die Eltern hatten keinerlei Bedeutung gehabt. Der Junge war für die anderen ein ideales Objekt gewesen, an dem sie Aggressionen abbauen konnten.

Dorian Weber bog in die Nietengasse ein und begann mit einem Mal zu laufen. Er hetzte durch die Toreinfahrt, drückte die Haustür auf, lief wie verfolgt die Treppe hoch, schloß die Wohnungstür auf und hinter sich wieder ab.

Aber noch fühlte er sich nicht sicher. Er hastete durch die Zimmer, schaute unter das Bett und in die Schränke. Erst dann stieß er erschöpft die Luft aus. Es fiel ihm wieder ein, was er zu tun hatte, und hastig drehte er den Knopf an dem altmodischen Schalter im Wohnzimmer.

Das darf doch nicht wahr sein, dachte Vonderau, als das Licht immer noch nicht aufflammte. Jetzt bin ich in die Scheiße geraten.

Er wollte schon losrennen, da fiel ihm ein, daß er seine Waffe nicht bei sich hatte. Im gleichen Augenblick blitzte das Licht auf und erlosch wieder. Vonderau atmete auf.

Er stieg in seinen Wagen und fuhr zum Hauptgebäude der Kriminalpolizei an der Zeughausstrasse. Bevor er ausstieg, rief er Weber an, obwohl noch keine Viertelstunde vergangen war. Weber meldete sich sofort.

»Alles in Ordnung?« fragte Vonderau.

»Ja, Gott sei Dank.«

»Nur keine Panik. So wird es auch bleiben. Sie stehen unter meinem Schutz.«

Und der ist gar nicht schlecht, dachte der Bundespolizei-Inspektor, nachdem er aufgelegt hatte. Wir sind eine Organisation, die

zuwenig Leute hat und mit der Spionageabwehr einer Großmacht nicht verglichen werden kann. Deshalb werden wir oft unterschätzt – und das ist vielleicht ganz gut so. Wir sind durchaus in der Lage, Dinge zu tun, die man uns nicht zutraut.
Vonderau stieg aus, zeigte bei der Personenkontrolle seinen Ausweis vor und verlangte den Chef der Kripo zu sprechen. Der uniformierte Polizist telefonierte, wies dann auf den Lift und sagte: »Fahren Sie in den dritten Stock. Es wird Sie jemand abholen.«
Eine Dame mit silberblonden Haaren nahm Vonderau oben in Empfang. »Der Chef ist bei einer Besprechung. Was kann ich für Sie tun?«
»Das ist ganz einfach. Sie holen jetzt den Chef aus der Sitzung – und sagen Sie nicht, das geht nicht!« Genau das hatte sie sagen wollen. »Hier, nehmen Sie meinen Ausweis. Gehen Sie damit zu Ihrem Chef, und in spätestens vier Minuten ist er hier!«
»Ihren Optimismus möchte ich haben«, meinte die Dame freundlich.
»Den werden Sie haben. In spätestens vier Minuten.«
Die Silberblonde zog ihre schön geschwungenen Augenbrauen hoch und entfernte sich. Tatsächlich dauerte es kaum vier Minuten, bis der großgewachsene Mann mit den kurzgeschnittenen Haaren erschien.
»Wo brennt's denn?« fragte er und gab Vonderau die Hand.
»Es ist nur ein kleines Feuer, aber es kommt ja immer darauf an, was gekocht wird«, antwortete Vonderau. »Ich habe nur eine winzige Bitte, wir brauchen dazu nicht einmal in Ihr Büro zu gehen.«
»Um was geht's denn?«
»Ich möchte, daß Sie mir einen Ihrer Zeichner zur Verfügung stellen. Er sollte heute abend um halb acht in meiner Wohnung sein.«
Der Kripo-Chef nickte. Das würde gar nicht so leicht zu be-

werkstelligen sein, aber er hatte es höchst selten mit Problemen zu tun, die leicht zu bewältigen waren. »Das läßt sich machen«, sagte er und streckte Vonderau wieder die Hand hin. »Sie können sich darauf verlassen.«
Der Lift trug Vonderau ins Erdgeschoß, er stieg in seinen Wagen und fuhr nach Hause. Jetzt konnte er nur noch warten und hoffen. Er machte sich Kaffee, nahm die Zeitung zur Hand und setzte sich ans Telefon.
Seine Freundin Vera Schneider, mit der er zusammenlebte und die ebenfalls im Polizeidienst tätig war, hatte heute Nachtdienst. Das war ihm gerade recht. So brauchte er sie nicht mit seinen Sorgen zu behelligen, und sie stellte keine Fragen, die er noch nicht beantworten konnte.

Ein Viertel vor sieben parkte Vonderau seinen Wagen auf dem Trottoir der Dienerstrasse, einer Querstraße zur Nietengasse. Vom Auto aus rief er Weber an. Es war immer noch alles in Ordnung. Trotzdem wartete Vonderau eine Viertelstunde, bis er Weber abholte.
Er wollte sich ein Bild machen, wollte alles sehen. Es konnte ja sein, daß genau in diesen fünfzehn Minuten etwas passierte, obwohl er sich nicht vorzustellen vermochte, was es sein könnte. Aber das wußte man am Anfang nie.
Als die Uhr der St.-Jakobs-Kirche sieben schlug, verließ Vonderau den Wagen, marschierte zu dem Haus, in dem Weber wohnte, stieg die Treppe hinauf, klingelte, und zu seiner großen Erleichterung öffnete der blonde Junge sofort.
Er brachte sogar ein Lächeln zustande, als er sagte: »Sie sind es«, und er öffnete die Tür weit. Aber der Inspektor sagte: »Ich komme nicht zu Ihnen. Sie kommen zu mir.«
»Aber«, sagte Weber. »Ich dachte, wenn Sie ...«
Der Inspektor schüttelte den Kopf. »Das bei mir zu Hause ist wichtiger.«

In Vonderaus Auto fragte Weber: »Was ist es denn, das bei Ihnen zu Hause so wichtig ist?«

»Vielleicht gelingt es uns doch noch, das Mädchen mit dem zweifellos falschen Vornamen Alaska zu finden«, antwortete Vonderau im Losfahren. »Manfred bleibt mit Ihnen in Verbindung, da besteht eher eine Möglichkeit, daß wir dem Kerl auf die Spur kommen, auch wenn ich noch vor kurzem anderer Meinung war. Aber das Mädchen... Wissen Sie, mir geht es gegen den Strich, daß einfach jemand auftaucht und wieder verschwindet. Es ist meine Pflicht zu wissen, mit wem ich es zu tun habe. Wenn ich das Mädchen kenne, kann ich vielleicht späteres Unheil verhüten.«

Weber fingerte am Sicherheitsgurt herum. »Was haben Sie vor?«

»Es wird ein Zeichner der Kriminalpolizei kommen und nach Ihren Angaben ein Phantom- oder Robotbild von Alaska anfertigen. Die Zeichnung wird vervielfältigt und an verschiedene Stellen geleitet. Wer weiß, vielleicht ist sie einer dieser Stellen bekannt. Dann haben wir die große Unbekannte.«

»Und wenn nicht?«

Vonderau zuckte die Schultern.

Kurz nach Weber und Vonderau traf auch der Zeichner in der Wohnung des Inspektors in der Huttenstrasse ein. Er war großgewachsen, ungefähr fünfundzwanzig Jahre alt und trug eine runde Stahlbrille. Er ordnete seine Utensilien auf dem Tisch im Wohnzimmer, als gedenke er hier sein Atelier einzurichten.

»Beschreiben Sie mir ihr Gesicht«, verlangte er von Weber. »Rund, oval, lang oder breit. Dann die Augen, die Nase, den Mund, vor allem die Lippenform und das Kinn.«

Weber hatte die Konturen ihres Körpers mit den Fingerspitzen nachgezogen, als wollte er alles in sich aufsaugen, aber als er jetzt Angaben für eine Zeichnung liefern sollte, kam er ins Stottern.

Der Mann hatte es gelernt, geduldig zu sein. Das unterschied ihn, den Polizeizeichner, von einem Künstler. Er strichelte, radierte, begann wieder von vorne. Er benützte durchsichtige Aufleger – Varianten der Augen-, Nasen- und Lippenform –, die er in verschiedenen Kombinationen auf dem Papier mit der Grundzeichnung anordnete.
So entstanden Zeichnungen, die völlig danebengeraten waren, aber auch solche, die mit dem Gesicht der wirklichen Alaska große Übereinstimmung aufwiesen. Nach ungefähr einer Stunde sagte Weber leise und traurig: »So sieht sie aus. Man könnte glauben, das Bild lebt.«
»Dann wollen wir mal sehen, ob wir die Dame auch unter den Lebenden finden«, meinte Vonderau.
»Ich habe getan, was ich tun konnte. Ich kann ja jetzt wohl gehen«, sagte Dorian.
»Leider nicht, Herr Weber.«
»Gibt's denn noch etwas?«
»Ja, ich habe Ihnen einen Vorschlag zu machen, das heißt, es ist eher eine Bitte oder ein Wunsch.«
Weber machte fragende Augen. Vonderau sagte ihm, was er von ihm erbat oder wünschte.

Schon im Garten des Restaurants Strohhof war ihm die Idee gekommen. Sie führte ihn vom Weg des normalen Vorgehens ab, was sonst nicht seine Art war, ja es war sogar verboten. Wie er das seinem Chef beibringen sollte, wußte er noch nicht.
»Ich möchte Sie bitten, sich noch eine Weile mit diesem Manfred zu beschäftigen. Ich kann ihn nicht schnappen, wenn er das nächste Mal bei Ihnen auftaucht. Was habe ich denn gegen ihn in der Hand? Nichts. Darum ist es wichtig, daß Sie herausfinden, was er eigentlich will. Gehen Sie auf seine Wünsche ein, seien Sie ein williger Helfer. Aber Sie machen nicht den kleinsten Schritt, ohne daß ich es weiß, verstanden?«

Das Gesicht, das Weber ihm zuwandte, sah verzweifelt aus.
»Aber ich wollte doch aus dieser Sache raus«, murmelte er.
»Das geht nicht von einer Stunde auf die andere.«
»Ich bin da hineingeraten, und jetzt haue ich daraus wieder ab«, versuchte Weber zu argumentieren.
Vonderau trat ans Fenster und sagte gegen die nachtdunklen Scheiben: »Das geht jetzt nicht mehr. Manfred läßt Sie nicht mehr aus seinen Fängen.«
Vonderau war kein kaltblütiger, gefühlloser Mensch. Im Gegenteil, er hatte ein ungutes Gefühl bei der Sache. Er wollte den Jungen nicht ans Messer liefern, er wollte ihn schützen. Er nahm sich vor, Weber beim kleinsten Anzeichen von Gefahr aus dem Spiel zu nehmen.
Andererseits lag ihm daran, diesen geheimnisvollen Manfred in die Tasche zu stecken. Und der Junge wollte das auch. Nur so konnte das Übel wirklich beseitigt werden. Wer seine Haut nicht zu Markte trug, konnte sie nicht verkaufen. Um diese unangenehme Tatsache kam man nun einmal nicht herum.
Vonderau setzte sich wieder an den Tisch. »Es existiert ein Gesetz, das den Bürger verpflichtet, der Polizei zu helfen, aber fragen Sie mich nicht, wie es heißt oder wo es steht. Ich kann es nicht auswendig herbeten. Ich weiß nur, daß es dieses Gesetz gibt. Und ich verpflichte Sie nicht einmal, ich bitte Sie lediglich. Sie können sagen, Sie machen nicht mit. Dann akzeptiere ich das, obwohl ich es Ihnen übelnehmen würde. Das will ich nicht verhehlen.«
Er machte eine Pause, aber sein Tonfall ließ darauf schließen, daß noch etwas kommen mußte.
»Da ist noch etwas.«
Weber hob ruckartig den Kopf, nachdem er bisher stumm auf seine Hände geblickt hatte. Er sah den Inspektor unsicher an, eine kleine scharfe Falte der Besorgnis zwischen seinen geraden, hellen Augenbrauen.

»Manfred hat Ihnen Geld versprochen, den ersten Fünfhunderter haben Sie bereits erhalten«, sagte Vonderau in einem geschäftsmäßigen Ton. »Wenn Sie mitmachen, kriegen Sie auch von mir Geld. Wenn Sie mithelfen, das Ding, das da offenbar im Anrollen ist, zu vernichten, müssen Sie das nicht um Gottes Lohn tun. Und das ist nun etwas, was ich Ihnen eigentlich nicht zusichern dürfte. Ich tue es trotzdem, auch wenn es gegen die Vorschriften verstößt.«

Ein eherner Grundsatz besagte, daß die Bundespolizei keine Spitzel beschäftigen und bezahlen durfte. Und am allerwenigsten zum jetzigen Zeitpunkt, wo niemand wußte, was sich abspielte, war Vonderaus Handlungsweise gerechtfertigt.

Weber saß da und starrte auf die Tischplatte. Er war zur Polizei gelaufen, weil er mit diesem krummen Ding nichts zu tun haben wollte, weil er gespürt hatte, daß etwas Gefährliches auf ihn zukam. Und nun boten ihm zwei Seiten Geld an.

Es war beinahe ein Schock. Indem er zur Polizei gelaufen war, hatte er gewissermaßen die Tür fest verschlossen, um dieses gefährliche Etwas nicht hereinzulassen, und jetzt kam es ihm vor, als habe er zwar die Tür fest verriegelt, ein Fenster aber sperrangelweit offen gelassen.

Vonderau gab ihm Zeit, doch es dauerte gar nicht lange. Weber hob die Hände in einer unbestimmten Gebärde und sagte: »Wenn Sie glauben, daß es richtig ist ...«

Er ließ den Satz in der Luft zerflattern, aber man konnte die Zustimmung heraushören. Die Frage war nur, was den Ausschlag gegeben hatte: das Geld oder Vonderaus Argumente.

Eine halbe Stunde später stoppte der Inspektor seinen Wagen vor Webers Wohnung in der Nietengasse, der junge Mann stieg aus und verschwand im Haus.

Otto Weiss, der große schwere Mann, Chef der Schweizerischen Bundespolizei, kaute nervös auf dem Mundstück seiner

erkalteten Tabakspfeife herum. Vonderau saß bei ihm im Büro der Zentrale in Bern. Er hatte Bericht erstattet und gesagt, was er zu sagen hatte, zumindest beinahe. Das Brisante hatte er verschwiegen. Von dem Geld für Weber zu reden schien ihm noch verfrüht. Da mußte er den richtigen Moment abwarten.
»Wie siehst denn du das Ganze?« fragte Vonderau leicht nervös, weil sein Chef bewegungslos dasaß, als ginge ihm das alles gewaltig gegen den Strich. Nur gut, daß ich nicht von Geld gesprochen habe, dachte der Inspektor. Der Boß wäre imstande gewesen, ihm das glattweg zu verbieten und zu befehlen, das Versprechen zurückzunehmen. Man sprach immer von Führungsqualitäten, die ein Vorgesetzter haben müsse, aber manchmal war es auch für einen Angestellten nicht unwichtig zu wissen, wie man den Chef führte.
»Nun sag schon«, drängte Vonderau, »was du davon hältst. Ist das eine neue Masche, mit der an einem alten Strumpf gestrickt wird?«
Weiss stand wortlos auf und ging zu einem Stahlschrank, in dem er die vertraulichen Papiere aufbewahrte. Mit ein paar Blättern kam er zurück und setzte sich wieder. Er legte die Pfeife in den Aschenbecher und sagte: »Ich habe hier einen Bericht von meinem Kollegen in Bonn.«
Mit »Kollege« meinte Weiss einen hohen Beamten im bundesdeutschen Verfassungsschutz. Sie waren im wahrsten Wortsinn Kollegen, die sich persönlich kannten und sich zweimal im Jahr trafen – nicht nur die deutschen Kollegen, sondern alle Leiter der westeuropäischen Geheim- oder Nachrichtendienste.
Alle waren sie schon einige Jahre im Amt, und die meisten duzten sich. Diese halbjährlichen Treffen galten nicht nur dem Austausch von Informationen, sondern auch dem persönlichen Kontakt. Es war wie im Geschäftsleben: daß sich die langjährigen Partner kannten, konnte nur von Vorteil sein. So war es möglich, telefonisch oder per Fernschreiber eine Auskunft zu

erhalten, wie es zwischen wildfremden Personen nicht möglich gewesen wäre.
»Ich glaube, es ist tatsächlich eine neue Masche«, meinte Weiss. »Niemand versteht es so gut wie die Geheimdienste, sich auf neue Situationen einzustellen. Ob gut oder schlecht, sie finden immer einen Weg, das Bestehende zu ihren Gunsten auszunutzen.«
»Ich bin nicht gut im Lösen von Rätseln«, maulte Vonderau. »Wenn du auf etwas anspielst – was ist es?«
»Die Arbeitslosen.«

Im Dezember 1982 zählte man in der Bundesrepublik Deutschland rund zwei Millionen Arbeitslose, in der Schweiz ungefähr zwanzigtausend. Nackte Zahlen, die nicht aussagten, wieviel menschliches Elend, Not und Depressionen sich dahinter verbargen. Davon betroffen waren Menschen jeden Alters. Die Alten wurden verbittert, die Jungen hoffnungslos – und sie wurden anfällig wie ein geschwächter Körper für ansteckende Krankheiten.
Die Kriminalität nahm zu, von den kleinen Delikten bis zu Gewaltverbrechen. Automatenknacken und Einbrüche waren an der Tagesordnung, aber auch Raubüberfälle auf Banken, Postämter und Läden kamen beinahe täglich vor.
Und auch der Rauschgiftkonsum stieg. Gerade die labilen, desillusionierten jungen Leute waren drogengefährdet wie noch nie. Sie wurden abhängig, hatten kein Geld, um sich den »Stoff« zu beschaffen, die logische Folge waren verbrecherische Delikte. Beschaffungskriminalität wurde das genannt. Und die Mädchen verkauften sich auf dem Strich.
Und jetzt kam noch etwas Neues hinzu: Spionage.
Die DDR-Geheimdienste hatten die Bundesrepublik aus naheliegenden Gründen schon immer als bevorzugten Tummelplatz ihrer trüben Tätigkeit benutzt. Neu an diesen Aktivitäten wa-

ren offensichtlich die verstärkten Anwerbungsversuche bei Arbeitslosen. So mancher junge Mensch, der nicht in Lethargie verfallen wollte, bemühte sich verzweifelt um eine Stelle und gab auch Inserate auf. Nach den Angaben des Verfassungsschutzes werten die Ostberliner Spionagestellen diese Inserate von Stellensuchenden systematisch aus.

Möglichkeiten, mit solchen Arbeitsbewerbern in Kontakt zu treten, gab es unzählige. Da erhielt beispielsweise einer der jungen Leute den Telefonanruf eines Mannes, der vorgab, sich auf einer Geschäftsreise zu befinden, sich im Hotel Soundso aufhalte und das Inserat gelesen habe. Ob kurzfristig ein Termin vereinbart werden könne? In jedem der Angerufenen glomm unverhofft ein euphorischer Funke Hoffnung auf, und jeder war voller Freude zu einem Treffen bereit.

Aber es kam auch vor, daß die Inserenten direkt aus der DDR ein Angebot erhielten und zu einem Gespräch nach Ostberlin eingeladen wurden. Auch mit Schülern und Studenten wurden Kontakte geknüpft, weil damit gerechnet werden konnte, daß diese Leute in ein paar Jahren in verantwortungsvolle Positionen in einer Behörde oder in der Industrie mit Zugang zu wertvollen Informationen geschleust werden konnten.

Aber die meisten der verhängnisvollen Fäden wurden zu den Arbeitslosen gesponnen. Sie leisteten am wenigsten Widerstand.

Bei solchen Kontakten ging es in der Regel zuerst um harmlose Aufgaben, wie beispielsweise das Beschaffen von Prospektmaterial und leicht zugänglichen, legalen Informationen. Wenn jedoch diese Unterlagen völlig risikolos und ohne daß man mit dem Gesetz in Konflikt kam erhältlich waren, warum hatten die Kontaktleute sie sich dann nicht selber beschafft? Das hätten sich die Angeworbenen fragen sollen. Sie taten es nicht. Sie staunten nur, wie leicht das Geld, wenn auch nicht viel, verdient werden konnte.

Wenn das Erledigen der ersten, harmlosen Aufträge geklappt hatte, stieg der Schwierigkeitsgrad kontinuierlich an, und schon bald wurde die Ausspähung militärischer und industrieller Einrichtungen angeordnet. Mit der Kompliziertheit der Spionageaufträge stieg auch die finanzielle Entschädigung.

Vonderau stand auf und füllte bei der leise blubbernden Kaffeemaschine zwei Becher mit dampfendem Kaffee. Er stellte einen vor Weiss hin, nahm einen Schluck und setzte sich kopfschüttelnd.

»Würde ich das irgendwo lesen, würde ich sagen, da ist einer nicht ganz dicht. Das ist ja wirklich nicht zu fassen«, staunte er.

»Du wirst es fassen müssen, Dominik«, sagte Weiss. »Wenn mich nicht alles täuscht, ist dieser Dorian Weber das erste Opfer in der Schweiz. Zumindest das erste, von dem wir Kenntnis haben.«

»Glaubst du das tatsächlich?«

»Bis mir das Gegenteil bewiesen wird, ja. Und du wirst es sein, der diesen Beweis liefern wird – oder eben nicht. Aber hör erst einmal zu.«

Rund achtzig Prozent der vom Staatssicherheitsdienst der DDR, kurz und fast an einen Kosenamen erinnernd »Stasi« genannt, kontaktierten jungen Leute lehnten eine nachrichtendienstliche Mitarbeit sofort ab, sobald sie diese Tätigkeit als solche erkannten. Weiter meldete der bundesdeutsche Verfassungsschutz, daß sich von denjenigen, die sich zumindest anfänglich auf solche Beziehungen einließen, die überwältigende Mehrheit später den Behörden stellten. Die Dunkelziffern, die sich hinter solchen Zahlen immer verbergen, ließen sich nur schwer abschätzen – das lag im Wesen dieser schmutzigen Materie.

Und wenn nur einer mitmacht, ist das schon einer zuviel, dachte Vonderau. Und er konnte sich gut vorstellen, daß es nicht nur einer war.

Wer sich von diesen Verbindungen zu lösen versuche, hieß es weiter in dem Bericht, werde von den DDR-Kontaktleuten nicht selten mit Repressalien bedroht. Der Verfassungsschutz empfehle allen Betroffenen, sich sofort an eine Amtsstelle zu wenden, die nicht als Strafverfolgungsbehörde fungiere, sondern deren Aufgabe es sei, den Bürgern in einer solchen Situation zu helfen.

»Allerdings«, fuhr Weiss fort, nahm seine Brille ab und schaute den Inspektor blinzelnd an, »habe ich da noch eine andere Meldung. Es bestehe keine hundertprozentige Gewißheit, daß die Hilfesuchenden von den Behörden tatsächlich rasch und sicher aus den Geheimdienstverstrickungen befreit würden. Es seien Fälle bekanntgeworden, in denen die Behörden ihrerseits versucht hätten, die reuigen Kontaktleute für westliche Geheimdienstaktivitäten gegen die DDR zu gewinnen. ›Umdrehen‹ nennen wir das, aber das kennst du ja, Dominik. Die armen Kerle geraten vom Regen in die Traufe. Dem eigenen Land nein zu sagen fällt immer schwerer, weil die meisten Leute doch eine engere Bindung zu ihrer Heimat haben als zu einer fremden Macht. Nun«, meinte Weiss und setzte seine Brille wieder auf, »diese Überlegungen haben ja mit dem Fall Dorian Weber Gott sei Dank nichts zu tun.«

Vonderau schluckte. Und wie die mit dem Fall Dorian Weber etwas zu tun haben, dachte er. Nur gut, daß ich vorhin die Karten nicht offen auf den Tisch gelegt habe. Es wäre wirklich der falsche Moment dafür gewesen.

Vielleicht würde es dafür nie einen guten Moment geben. Vielleicht mußte er die Verantwortung ganz allein mit sich herumtragen – und auch damit fertig werden, falls das Ende nicht so aussah, wie er es sich vorstellte.

Vonderau fuhr auf dem schnellsten Weg nach Zürich zurück, mehr als einmal die Geschwindigkeitsvorschriften mißachtend,

aber doch stets so, daß er niemanden gefährdete und den Wagen immer sicher im Griff hatte.
Der Verkehr beanspruchte seine ganze Aufmerksamkeit, und doch schweiften seine Gedanken immer wieder ab. Er konnte sich gut vorstellen, daß die Arbeitsuchenden bitter enttäuscht waren, wenn sie erfuhren, worin ihre Tätigkeit in Wahrheit bestehen sollte. Jetzt glaubten sie erst recht, keine geregelte Arbeit zu erhalten – und wirkten bei den dunklen Machenschaften der Geheimdienste mit.
Was wäre wohl alles geschehen, wenn Weber nicht zur Polizei gelaufen wäre und sie keine Kenntnis von diesem Fall hätten? Und wie viele Fälle gab es wohl, in denen die Betroffenen sich nicht bei der Polizei gemeldet hatten?
Das ist der springende Punkt, dachte Vonderau. Spielt sich da im Verborgenen längst etwas ab, von dem wir keine Kenntnis, ja nicht einmal eine Ahnung haben? War Dorian Weber nicht der erste, sondern irgendeiner in einer langen Reihe? Gab es auch hier eine Dunkelziffer?
Kurz bevor er Zürich erreichte, verließ Vonderau die Autobahn und fuhr auf den Parkplatz eines Restaurants. Er stellte den Motor ab und rief vom Auto aus Weber an.
»Hier Vonderau. Alles in Ordnung?«
»Wie man's nimmt.«
»Was heißt das?« fragte Vonderau nervös und etwas ungehalten. »Entweder ist etwas passiert, oder es ist nichts passiert.«
»Es ist nichts passiert«, antwortete Weber. »Weder Manfred noch irgend jemand anders hat mit mir Kontakt aufgenommen. Ob das ein gutes oder ein schlechtes Zeichen ist, kann ich nicht beurteilen.«
»Auch wieder wahr«, gab Vonderau zu. »Aber Sie sind nicht bedroht worden?«
»Nein.«
»Das ist wenigstens etwas.«

Aber ob es gut oder schlecht war, ließ sich davon nicht ablesen. Hatte Manfred den jungen Mann beobachten lassen, und wußte er jetzt, daß Vonderau eingeschaltet war? Das wäre schlecht.
Oder fühlte Manfred sich seiner Sache so sicher, daß er glaubte, ein für ihn negativer Lauf der Dinge sei völlig ausgeschlossen? Das wäre gut.
Nur für Weber sah die ganze Sache anders aus. Selbst der größte Optimist hätte im jetzigen Augenblick kaum etwas gefunden, das man für den blonden Jungen positiv auslegen konnte. Egal, was passierte, irgendeiner würde Nutzen aus seiner Tätigkeit ziehen – nur er selber nicht.
»Was auch immer geschieht, Sie rufen mich sofort an.«
»Wenn ich dazu dann noch Gelegenheit habe«, murmelte Weber. »Aber so oder so, Sie sind ja so etwas wie eine Lebensversicherung für mich, nicht wahr?«
Vonderau beschloß, diese unangenehme Anspielung zu ignorieren, und sagte nur: »Auf Wiedersehen. Ich melde mich.«
Die seltsamsten Gedanken wirbelten durch seinen Kopf, als er weiterfuhr. Bei den meisten Spionagefällen gab es Parallelen. Dieser Fall hier machte keine Ausnahme. Zur Mehrzahl der Aktionen gehörten Mut, Geschicklichkeit, logische und logistische, also organisatorische Planung. Und die handelnden Personen waren nur zum kleinsten Teil Profis. Die meisten tauchten aus dem Nichts auf, und nach getaner Arbeit tauchten sie wieder ab in die Anonymität der Masse.
Beinahe immer war der Hintergrund gutbürgerlich. Keiner versteckte sich im Untergrund, die meisten gingen einer Arbeit nach, lebten in geregelten Verhältnissen, waren polizeilich gemeldet. Sie waren unverdächtig und unauffällig innerhalb der Gesellschaft, in der sie sich bewegten, und gerade deshalb so gefährlich. Die »Freizeitagenten« waren immer am schwierigsten zu fassen.

Die Beamten der Kriminalpolizei hatten es da etwas leichter. Für sie gab es einen Tatort, an dem sie Spuren sichern, Ungewöhnliches entdecken und festhalten konnten, wenn es auch manchmal vorkam, daß dies alles nicht weiterhalf. Sie konnten Leute vernehmen, Anhaltspunkte sammeln.

Bei Spionage gab es keinen Tatort im herkömmlichen Sinn. Eine Vernehmung konnte wiederholt, ein Untersuchungsergebnis neu überprüft werden. Aber was bei einem geheimen Treff, einer Überwachung oder einer Übergabe verpfuscht wurde, war unwiederbringlich verloren. Das konnte nicht rekonstruiert werden. Da konnte ein einziger Fehler versauen, was zuvor mühsam aufgebaut worden war.

Und noch etwas kam Vonderau in den Sinn. Wenn er oft für das schnelle Zupacken gewesen war, um das zu sichern, was man hatte, und ein Teilerfolg immer noch besser war als gar keiner, so sah er sich jetzt plötzlich in jener Situation, die er oft kritisiert hatte: Er mußte abwarten.

In dieser Beziehung waren er und sein Chef oft unterschiedlicher Meinung. Weiss hatte einmal gesagt, daß der nächste Fall erledigt werden solle, wie Vonderau sich das vorstelle; nun war es soweit, und Vonderau war unschlüssig. Wann sollte er zupacken, und wie lange sollte er warten? Manchmal hing das Gelingen einer Aktion von Minuten ab.

Er bog in die Huttenstrasse ein, stoppte vor dem Haus mit den zwei Tannen, die wie übernatürliche Wächter aussahen, stieg zu seiner Wohnung hinauf und freute sich, daß das Licht brannte.

Vera, seine Freundin, mit der er seit längerer Zeit zusammenlebte, Assistentin bei der Kriminalpolizei Zürich, kam gerade im Morgenmantel aus dem Badezimmer. Sie hatte lange dunkle Haare, ein feines Gesicht, große, ausdrucksstarke Augen und eine herrliche Figur.

Vonderau ließ die Tür ins Schloß fallen und verscheuchte alle

Zweifel und Unsicherheiten, die ihn eben noch beschäftigt hatten.

»Domi, fein, daß du da bist«, sagte Vera lächelnd. Daran gewöhnt, daß er plötzlich auftauchte, plötzlich verschwand, eine Woche lang nicht erschien oder nicht zu Hause war, wenn sie sich auf einen gemeinsamen Abend freute, so wie es sein Beruf eben mit sich brachte, war jede Umarmung wie eine neue Begegnung.

Vonderau nahm ihr Gesicht in beide Hände und küßte sie auf den Mund. »Wie war dein Tag?« fragte er.

Sie zuckte die Schultern. »Nicht so, daß ich darüber reden möchte. Wenigstens jetzt nicht.« Sie nahm ihn am Arm. »Komm, ich habe geschnetzeltes Kalbfleisch gekauft, und die Kartoffeln sind schon auf dem Herd. Ich mache eine Rösti, und dann essen wir gemütlich zusammen.«

Er setzte sich in die Küche und sah ihr zu, wie sie hantierte. »Wie war's denn bei dir?« fragte sie, und er erzählte ihr alles. Später öffnete er eine Flasche Wein, sie aßen bei Kerzenlicht im Wohnzimmer, als speisten sie in einem exklusiven Restaurant. Ein alltägliches, kleines, stilles Glück, das sie so dringend brauchten, weil sie sich von Berufes wegen mit dem Elend und den Gemeinheiten der Menschen beschäftigen mußten.

Vonderau nahm ihre Hände. »Ich liebe dich, Vera«, sagte er leise. »Ich glaube, ich sage dir das viel zu selten.«

»Du brauchst es nicht zu sagen, ich weiß es ja.«

»Weißt du, ich genieße diese Augenblicke, ich kann gar nicht sagen, wie. Alles andere wird noch früh genug auf uns zukommen.«

Vonderau täuschte sich nicht.

3

Was für die einen nur ein Pappenstiel war, drohte für Dorian Weber beinahe zum Problem zu werden. Die ersten von Manfred erhaltenen fünfhundert Franken lösten in ihm merkwürdige Empfindungen aus. Nicht, daß er ein schlechtes Gewissen gehabt hätte. Aber das Geld öffnete ihm mit einem Mal die Augen für Möglichkeiten, die er bisher gar nicht gekannt hatte, nicht hatte kennen können.
Er schlenderte durch die Langstrasse, wie er es schon tausendmal gemacht hatte, aber heute sah alles anders aus. Der irre Glanz der käuflichen Welt glitzerte in den verrücktesten Farben, und dabei war die Langstrasse gewiß nicht die verführerischste Einkaufsstraße von Zürich.
Er hatte nie Geld ausgeben können, weil er sich zu sehr hatte abstrampeln müssen, um es zu verdienen. Wer stets am Rand des Lebens festgehalten wurde, erschrickt, wenn man ihn in die Mitte katapultiert. Dorian Weber erging es nicht anders, wenn auch in einem viel kleineren Rahmen. Es war nicht seine Welt, also zog er sich zurück. Aber er hatte sie gesehen, eines Tages würde er mehr Geld haben, und es war nur eine Frage der Zeit, wann er den Schritt aus dem Schatten machte, um das Licht zu spüren.
Er schlenderte zu jenem Spielsalon, in dem er sich oft aufgehalten hatte. Es kam ihm alles vertraut vor – und doch war alles anders. So mochte es jemandem ergehen, der zum ersten Mal einen Schluck Alkohol getrunken hat, der ihm zwar nicht schmeckte, der in ihm jedoch ein seltsames, nicht unangenehmes Gefühl auslöste.
Weber warf eine Münze in einen Flipperautomaten, die Kugel kam, er ließ sie emporschnellen, sie zuckte von einem elektrischen Kontakt zum anderen, Lichter funkelten, und das Zählwerk rasselte. Er dachte an Alaska.

In diesem Augenblick spürte er eine Berührung, er hielt den Atem an: Sie war zurückgekommen! Aber der Gedanke verschwand sofort, als eine Männerstimme sagte: »Na, wollen wir?«

Die Überraschung war lähmend. Weber erstarrte, er klammerte sich an der Kante des Automaten fest, vermochte nicht einmal den Kopf zu drehen.

»Ich hab' dich etwas gefragt, Freundchen!«

Erst jetzt hob er, ganz langsam, den Blick. Der Mann war groß, hatte ein schmales Gesicht und eine Hakennase. Unter den dichten Brauen lagen kleine Augen wie Knöpfe aus schwarzem Samt.

Weber legte alle Kraft in seine Stimme. »Ich will allein spielen«, antwortete er.

Der Fremde runzelte zornig die Stirn. »Ich hab dich gesucht. Wo hast du denn gesteckt?«

»Was geht Sie das an?« fragte Weber mutig.

»Jemand interessiert sich dafür.«

»So? Wer denn?«

»Manfred.«

Weber wurde weiß im Gesicht. Eine Hand legte sich um seinen Oberarm. »Wie wär's, wenn wir jetzt gehen würden? Jemand möchte dich sehen.« Der Mann hatte eine tiefe, hohle Stimme, wie vom Grund eines Brunnens herauf.

»Wohin gehen wir?«

»Das wirst du schon sehen.«

»Soll das eine Drohung sein?«

Der Mann hob die Oberlippe, und im schummrigen Licht des Spielsalons sah das wie ein Lächeln aus. »Es war nicht als eine solche gedacht«, meinte er. »Aber es könnte durchaus eine sein.«

»Wer sind Sie überhaupt?«

»Das tut nichts zur Sache.« Der Druck um Webers Oberarm

verstärkte sich. »Im übrigen wäre es mir recht, wenn ich nicht drohen müßte. Manfred denkt da genauso. Außerdem... du willst doch Geld verdienen. Warum fängst du nicht damit an, etwas dafür zu tun?«
Weber schwieg. In fieberhafter Eile überlegte er, wie er Vonderau informieren könnte, aber er sah ganz klar, daß es keine Möglichkeit gab.
»Draußen steht ein Wagen«, sagte der Mann freundlich, doch die Freundlichkeit war eher für die übrigen Leute im Raum gedacht, damit denen nichts auffiel. »Wir steigen nun schön brav in dieses Auto, und es geschieht dir gar nichts. Wir fahren ein bißchen weg, und du kriegst den ersten Auftrag. Ohne Arbeit kein Geld, das ist nun mal so in unserer Gesellschaft.«
Die Augen wurden ihm nicht verbunden, und er mußte sich nicht auf den Boden legen, wie man das in Filmen oft sah. Es gab auch keine Männer mit Körpern wie Kleiderschränke, die ihn in die Mitte nahmen.
Weber setzte sich neben den Mann. »Leg den Gurt an, Kleiner, wie es das Gesetz vorschreibt. Wir wollen doch nicht auffallen, oder?«
Sie fuhren weit hinaus bis zu einem Parkhaus am Flughafen. Der Mann hielt auf einem Parkfeld der Ebene 9, stellte den Motor ab und zog sorgfältig die Handbremse an. Dann wandte er sich Weber zu.
»Du bleibst jetzt schön hier sitzen. In ein paar Minuten wird jemand kommen und mit dir das weitere Vorgehen besprechen. Hast du mich verstanden, Rentner?« fragte er spitz, auf die Tatsache anspielend, daß Weber arbeitslos war. »Rühr dich nicht von der Stelle oder numeriere vorher deine Knochen, damit du sie wieder an der richtigen Stelle einsetzen kannst, wenn ich sie einzeln aus dir herausgeprügelt habe.«
»Falls ich abhaue – und falls Sie mich wieder finden«, grinste

Weber kalt, aber es war ihm nicht halb so zumute, wie er sich den Anschein gab. Manfred machte ihm angst, aber das bestimmte Auftreten nötigte ihm auch Respekt ab. Diesen Mann hier mochte er schlicht und einfach nicht. Darum hatte er die Bemerkung gemacht.

Der Mann kniff die Augen zusammen, seine Backenmuskeln arbeiteten heftig, als kaue er auf einem Wortklumpen herum. Dann löste er ruckartig seinen Gurt, stieß die Tür auf und stieg rückwärts aus dem Wagen, mit den Augen Weber bis zur letzten Sekunde auf dem Sitz festnagelnd.

Weber zündete eine Zigarette an. Schon nach dem zweiten Zug wurde die Tür zu der Fahrersitzseite geöffnet. Ein Mann stieg ein. Es war Manfred. Zu Webers Erstaunen lächelte er.

»Drücken Sie die Zigarette aus«, sagte er wie beiläufig. »Ich kann Rauch nicht ausstehen.«

Weber öffnete die Tür, ließ die Zigarette zu Boden fallen, zerrieb sie mit der Schuhspitze, schloß die Tür und wartete. Manfred kam sofort zur Sache.

»Ein etwas ungewöhnlicher Ort, an dem wir uns da treffen«, meinte er. »Aber man kann nie vorsichtig genug sein. Nun hören Sie mir gut zu. Ich habe verschiedene Aufträge für Sie. Zuerst gehen Sie zur Polizei.«

Weber drehte ruckartig den Kopf. »*Was* soll ich?«

»Sie gehen zur Polizei. Machen Sie sie zu Ihrem Freund und Helfer, wie es diese Leute ja immer so anbiedernd propagieren. Wir nehmen sie nur beim Wort. Sie verlangen dort die Bestimmungen über den Handel mit Waffen und das Bundesgesetz über Kriegsmaterial. Dann kaufen Sie sich sämtliche in Zürich erscheinenden Tageszeitungen. Sie werden die Inserate prüfen, in denen Werkstätten und Büroräume angeboten werden. Ich brauche einen Raum, der sich als Werkstatt oder Labor einrichten läßt, dazu zwei Büros, aber alles im gleichen Haus, entweder alles aneinander anschließend oder in verschiedenen Stock-

werken. Haben Sie das kapiert? Sie kriegen nichts Schriftliches, und Sie können mich auch nicht erreichen. Sie sind völlig auf sich allein gestellt. Alles klar?«
Weber nickte. »Ich glaube schon«, murmelte er. »Ich weiß zwar nicht, warum Sie das alles haben wollen, aber ich weiß, daß Sie es sich ebensogut selbst beschaffen könnten. Warum tun Sie's nicht?«
»Gute Frage«, lobte Manfred, und wieder flog ein hastiges Lächeln über sein schmales Gesicht. »Warum tue ich das nicht selber? Weil es besser ist, wenn ein Schweizer das erledigt. Einer, der die gleiche Sprache spricht und schon deshalb nicht auffällt. Ihre Landsleute sind Ausländern gegenüber nämlich ziemlich mißtrauisch, falls Ihnen das noch nicht aufgefallen sein sollte.« Manfreds Stimme hatte sich um keinen Ton verändert. Er stellte einfach fest.
»Schon gut«, sagte Weber. »Es hat mich bloß gewundert.«
»Da ist noch etwas, Herr Weber. Sie werden Fahrstunden nehmen. In der Autofahrschule Benz an der Hohlstraße sind Sie angemeldet. Das ist ganz in der Nähe Ihrer Wohnung. Um halb drei morgen nachmittag ist die erste Stunde. Aber natürlich nur Pkw, nicht Lastwagen.«
Dorian Weber blieb die Luft weg. Autofahren! Er hatte es sich nie leisten können, es zu lernen. Es fehlte nicht viel, und er hätte Manfred dankbar die Hand gedrückt. Vor lauter Glück fiel ihm nicht auf, daß Manfred von seiner Begeisterung für Lastwagen wußte.
Aus der Brusttasche seines schwarzen Regenmantels, den er schon bei der ersten Begegnung getragen hatte, holte Manfred ein Bündel Banknoten.
»Hier sind tausend Franken«, sagte er. »Sie sehen, mit der Wichtigkeit der Aufgaben steigt auch das Honorar. Und hier ist das Geld für die ersten fünf Fahrstunden. Später werden wir weitersehen. Wenn Sie Geld für das Mieten der Räume brau-

chen, wenn Sie zum Beispiel eine Kaution hinterlegen müssen, sagen Sie es.«

»Das ist ja alles gut und schön«, meinte Weber, »aber wie soll ich es Ihnen sagen, wenn ich nicht weiß, wo ich Sie erreichen kann?«

»Ich melde mich, und zwar zur richtigen Zeit. Das sagte ich Ihnen doch schon einmal, oder nicht?«

Weber nickte beschwichtigend und hob abwehrend die Hände. Wenn er es sich genau überlegte, war das Ganze weit weniger schlimm, als er zuerst geglaubt hatte. Angst war eben doch das falsche Gefühl gewesen. Manfred drohte nicht, verlangte nichts Unmögliches und schon gar nichts Illegales. Und vor allem: Leichter hatte Weber sein Geld noch nie verdient.

Es war alles so anders, als er es sich vorgestellt hatte, anders als man es immer in der Zeitung las, und so ganz anders, als man es im Fernsehen sah. Schon bei der zweiten Begegnung hatte dieses Metier viel von seinem Schrecken verloren.

»Nur damit wir uns richtig verstehen, Herr Weber: Sie werden nie herauszufinden versuchen, wo ich wohne oder wer ich bin. Ich bin für Sie immer das, was ich jetzt bin. Lassen Sie es dabei bewenden, dann ist es gut für Sie. Sonst müßte ich zu anderen Mitteln greifen. Das widerstrebt mir zwar, aber ich würde es tun. Und noch etwas: Zu niemandem ein Sterbenswörtchen!«

Jetzt ähnelte es plötzlich doch wieder jenen Szenen, die man immer im Fernsehen sah, und auch der Schreck war wieder da, wenn auch nicht mehr so stark. Und Vonderau kam ihm plötzlich wieder in den Sinn. War es ein Fehler gewesen, zur Polizei zu laufen?

Mit einem Räuspern gewann er Zeit und seine Stimme wieder. »Ist okay«, sagte er. »Ist alles okay.«

»Hier ist die Quittung, damit Sie auch das nicht vergessen«, sagte Manfred. »Gibt es noch Fragen?«

Weber schüttelte den Kopf. »Nein, nein.«

Manfred steckte die Quittung ein und stieg ohne ein weiteres Wort aus. Im Rückspiegel sah Weber, wie er sich durch die Reihen der geparkten Wagen schlängelte und in einem der Lifts verschwand.
Im gleichen Augenblick wurde die Tür aufgerissen, und der Mann mit den Knopfaugen stieg ein. Er warf einen Blick auf die Banknoten und sagte: »Pack endlich deine Kohle ein, Rentner. Hast wohl noch nie so viel auf einem Haufen gesehen, was?«

Im Bahnhof Oerlikon setzte sich Weber auf eine Bank nahe dem großen Kiosk. Er zündete eine Zigarette an, rauchte hastig und hielt mit der anderen Hand die Geldscheine in der Hosentasche umkrampft. Er versuchte seine Gedanken zu ordnen, versuchte den Weg zu sehen, den er einzuschlagen hatte, aber da gab es nichts zu sehen, jedenfalls nichts, was ihn erleichtert hätte.
Er hatte den hageren Mann mit der Hakennase gebeten, ihn hier aussteigen zu lassen. Er hatte die Anwesenheit dieses Angebers nicht mehr ertragen, der irgendwie gefährlicher schien als Manfred selbst; er hatte allein sein, hatte nachdenken wollen. Nun saß er da und drehte und wendete alles, aber es kam keine gute Seite nach oben.
Am Kiosk kaufte er die zwei bedeutendsten in Zürich erscheinenden Tageszeitungen. Er setzte sich in die Straßenbahn und fuhr zum Bucheggplatz, wechselte dort in den Trolleybus, den er am Helvetiaplatz wieder verließ. Zu Fuß ging er nach Hause. Er schaute sich nicht um, ob ihm jemand folgte.
Sorgfältig verschloß er die Wohnungstür hinter sich und sah in jedem Zimmer nach. Erst dann setzte er sich an den Tisch.
Er nahm das Geld aus der Tasche und legte es vor sich hin. Er glättete die Noten, indem er mehrere Male mit den Fingern darüberfuhr, und erst jetzt wurde ihm klar, daß es kein Zurück mehr gab. Er hatte Geld erhalten, nun erwartete man etwas von ihm – und nicht nur Manfred, sondern auch Vonderau.

Wenn ich nicht zur Polizei gelaufen wäre, hätte ich mich nicht an zwei Herren verkauft, dachte er. Oder besser gesagt, dieser Bundespolizei-Inspektor hätte mich nicht zwingen können, auf zwei Hochzeiten zu tanzen.

Da war auf der einen Seite Manfred, der Ausländer, der hier etwas aufbauen wollte, von dem niemand Kenntnis erhalten durfte, auch wenn es – wie es schien – nichts Illegales war. Und auf der anderen Seite stand Vonderau, der die Macht verkörperte.

Tat er dies wirklich? Wer war tatsächlich der mächtigere? Manfred oder Vonderau?

Plötzlich sprang ihn ein wahnwitziger Gedanke an. Bestand die Möglichkeit, den einen gegen den anderen auszuspielen und sich im richtigen Moment auf die Seite desjenigen zu stellen, der den letzten Trumpf auszuspielen imstande war?

Er stand erregt auf. Allein schon die Idee erschreckte ihn. So ein Spiel durfte er sich nicht zutrauen.

Und doch ... Er setzte sich wieder und faltete die Banknoten fast liebevoll. Er hatte noch nie soviel Geld vor sich liegen gehabt, ohne sich Gedanken zu machen, was er davon alles bezahlen mußte. Aber jetzt hatte er es, und es würde noch mehr dazu kommen. Und durch diese Gewißheit fühlte sich auch der schmächtige, arbeitslose Dorian Weber ein bißchen mächtig.

Eigentlich hätte er auch jetzt, um halb elf nachts, Vonderau informieren sollen. Er entschied, daß morgen noch Zeit war.

Er blätterte die Zeitungen durch und suchte nach inserierten Räumlichkeiten, wie Manfred sie sich vorstellte. Er fand nichts und legte die Zeitungen zum Altpapier. Er ging zu Bett und starrte in die Dunkelheit.

Um halb elf nachts stand Manfred in der Bahnhof-Passage des Hauptbahnhofes und suchte eine freie Telefonkabine. Auf der Seite des Bahnhofquais fand er alle besetzt. Er schlenderte an dem großen Kiosk vorbei und zu jener Reihe von Telefonzellen, die sich in der Nähe des Aufgangs zu den Straßenbahn-Haltestellen befanden.

In einer Kabine gestikulierte ein junger Mann in wilder Punkkleidung und mit Irokesenfrisur. Nebenan stützte ein Mädchen in stummer Verzweiflung den Kopf in die Hände. Eine Kabine weiter schlief ein Junge in seltsam verkrümmter Haltung auf dem Boden. Ganz am Ende der Reihe fand Manfred endlich eine freie Zelle. Mit der Vorwahl 075 stellte er eine Verbindung nach Schaan im Fürstentum Liechtenstein her.

Er ließ es zweimal klingeln. Das war das verabredete Zeichen. Anschließend wählte er erneut, und schon nach dem ersten Klingeln meldete sich jemand.

»Hallo?«

Es war eine hohe Stimme, ein fast atemloses, nervöses Flüstern. Sie gehörte einem kleinen, übergewichtigen Mann mit dunkler Hornbrille und schwarzen, straff nach hinten gekämmten Haaren. Im Telefonbuch stand hinter seinem Namen als Berufsbezeichnung »Geschäftsmann«, was so gut wie nichts aussagte.

»Hier Manfred.«

»Ich habe auf Ihren Anruf gewartet. Wie läuft's?«

»Alles okay. Der Anfang ist gemacht, und ich glaube, wir haben die richtige Person erwischt.«

»Glauben heißt nicht wissen«, mokierte sich die hohe Flüsterstimme.

»Dann weiß ich es, wenn Sie so wollen«, entgegnete Manfred geduldig.

»Das hört sich schon besser an. Nun, wie steht's im Augenblick?«

Manfred schilderte ihm alles haargenau. Der nervöse Flüsterer war zufrieden und ordnete an, daß Manfred sich wie verabredet regelmäßig melden solle.

Manfred legte auf, marschierte zur Rolltreppe, die ihn zur

Bahnhofhalle hinauftrug, durchquerte diese und verließ den Bahnhof auf der Seite des Landesmuseums.

Ausgeschlafen zwar, aber noch nicht richtig wach, lag Dorian Weber im Bett und schickte seine Gedanken spazieren. Übergangslos, als wären nicht ein paar Stunden Schlaf dazwischen, setzten seine Überlegungen dort wieder ein, wo sie am Abend zuvor aufgehört hatten.

Noch immer konnte er sich nicht entschließen, Vonderau einzuschalten, jetzt, wo doch alles viel weniger schlimm aussah, als er zuerst geglaubt hatte, wo er doch nichts Verbotenes tat, nur ein bißchen Geld verdiente. War es nicht so, daß auch Manfred ein Interesse daran hatte, ihn zu schützen, wenn er ihn doch so sehr brauchte? Vielleicht war sein erster Gedanke, sofort zur Polizei zu laufen, doch nicht der beste gewesen. Das Telefon klingelte.

»Hier Vonderau«, kam es aus dem Hörer, als Weber abgehoben hatte. »Wie geht's?«

»Ich lebe noch«, antwortete Weber aus lauter Verlegenheit.

»Hat sich Manfred gemeldet?«

»Ja. Das Ganze war sehr geheimnisvoll«, sagte Weber beinahe widerwillig. »In einem Spielsalon wurde ich ...«

»Sprechen Sie jetzt nicht weiter«, fuhr Vonderau dazwischen. »In einer halben Stunde bin ich bei Ihnen.«

Weber sah auf die Uhr. Es war kurz vor neun. Hatte er so lange im Bett gelegen? »Ist gut«, sagte er. »Ich warte.«

Noch dreißig Minuten also, um zu überlegen, was er dem Inspektor sagen wollte.

In der Küche brühte Weber Kaffee auf. Nachdem er die erste Tasse getrunken hatte, klingelte es an der Wohnungstür. Das mußte Vonderau sein. Weber öffnete. Der Polizist kam nicht allein. Ein großgewachsener Mann mit einer runden Stahlbrille befand sich in seiner Begleitung.

»Das ist Herr Gruber, der Polizeizeichner, Sie kennen ihn ja bereits«, sagte Vonderau. »Ich habe da nämlich eine Idee.«
Am altmodischen Wohnzimmertisch packte der Zeichner seine Utensilien aus und ordnete sie, als wollte er den ganzen Tag dableiben, wie damals bei Vonderau.
»Ich bitte Sie«, fuhr der Inspektor fort, »Herrn Gruber diesen Manfred zu schildern, damit er eine möglichst genaue Zeichnung machen kann. So habe ich wenigstens etwas in Händen und komme dem geheimnisvollen Mann damit vielleicht auf die Spur.«
Weber beschrieb Manfred, so gut er sich erinnern konnte, und er konnte sich gut erinnern. Hätte es einen Sinn gehabt, eine völlig andere Beschreibung zu geben, damit nach einem Mann gefahndet wurde, den es gar nicht gab? Die Erfahrung hatte Weber gelehrt, nie zu lügen, wenn es mit der Wahrheit auch ging. Nach einer Stunde brachte Gruber die letzten Striche an und hielt Weber die Zeichnung hin.
»Das ist Manfred«, bestätigte Weber.
Gruber verabschiedete sich, und Weber fragte Vonderau: »Haben Sie eine Spur von Alaska?«
Vonderau schüttelte den Kopf. »Sie ist wie vom Erdboden verschwunden.«
»Nun, Astronautin wird sie wohl kaum geworden sein«, entgegnete der Junge sarkastischer als beabsichtigt und mit einem säuerlichen Lächeln.
Vonderau reagierte darauf gar nicht, sondern sagte nur: »Schlagen Sie sich die Frau endlich aus dem Kopf. Wir wollen uns doch an das halten, was greifbar ist.«
»Sie hat mich geliebt.«
»Sie hat Sie nicht geliebt, sie hat Ihnen etwas vorgespielt«, entgegnete Vonderau heftig.
Obwohl er tausendmal recht hatte, drang er nicht durch. Die Leute glaubten immer nur das, was sie wollten. Da machte der

blonde Junge keine Ausnahme. Zum ersten Mal in seinem Leben hatte er gemeint, Liebe zu spüren, und es war eine überwältigende Empfindung gewesen. Das konnte er nicht über Nacht vergessen.
Im übrigen machte sich Vonderau keine Hoffnung, das Mädchen zu finden. Bei Weber war Alaska mit langen blonden Haaren aufgetreten. Vielleicht hatte sie eine Perücke getragen und Kontaktlinsen eingesetzt, und ihr Haar war in Wirklichkeit kurz und dunkel, und sie trug eine Brille. Ohne Perücke und mit Brille hätte sie an Weber vorbeigehen können, ohne daß er sie erkannt hätte. Vonderau wußte zur Genüge, wie wenig nötig war, um einen Menschen anders aussehen zu lassen.
»Erzählen Sie mir jetzt bitte, was Manfred von Ihnen wollte«, bat er.
Weber zögerte nicht, keine Sekunde. Er hatte keine Wahl. Er fühlte sich unsicher, wußte nicht, wie er sich verhalten sollte. Es konnte für ihn keine Planung auf lange Sicht geben.
»Sagte er Ihnen, wozu er die Räume braucht?«
»Nein.«
»Drohte er Ihnen oder nötigte er Sie?«
»Nein.«
»Gab er Ihnen Geld?«
»Nein.«
Schlagartig stieg es siedendheiß in Webers Kopf. Er wußte nicht, warum er nicht die Wahrheit gesagt hatte. Es war eine spontane Reaktion gewesen, unüberlegt.
Vonderau kramte in der Brusttasche seines Jacketts herum. »Hier sind dreihundert Franken«, sagte er und legte Geldscheine auf den Tisch. Er bezahlte das zwar aus seiner eigenen Tasche, aber trotzdem mußte die Sache nun so bald als möglich mit Otto Weiss, seinem Chef, geklärt werden.
Und wenn der nun kategorisch ablehnte? Wenn Weiss die Bezahlung eines Spitzels verbot, weil es gegen die Bestimmungen

verstieß? Würde Vonderau Weber dann bei der Stange halten können? Würde er stillschweigend selber bezahlen? Oder sähe er sich plötzlich in der unangenehmen Situation, Weber zu drohen und zum Weitermachen zu zwingen?
Er fand keine Antwort, wollte keine finden, und im Augenblick brauchte er auch keine. Er übersprang alles und sagte zuversichtlich: »Wir werden dem Kerl das Handwerk schon legen, verlassen Sie sich darauf. Und Sie kommen heil heraus. Das ist schließlich das Wichtigste.«
Weber hörte Vonderaus Schritte, die sich treppabwärts entfernten, und erst jetzt fiel ihm ein, daß er dem Polizisten nichts von dem Mann mit der Hakennase erzählt hatte und daß er heute nachmittag für die erste Fahrstunde angemeldet war.
Aber er rief Vonderau nicht zurück.

Lange vor halb drei saß der hagere Fremde in seinem alten Opel in der Nähe der Autofahrschule Benz in der Hohlstrasse. Er hatte in einer langen Reihe dicht hintereinanderstehender Fahrzeuge geparkt, Weber würde sich wohl nicht wie ein alter Profi die stehenden Wagen genau anschauen.
Kurz vor der vereinbarten Zeit tauchte Weber auf. Er trug immer noch Bluejeans und die gleiche Jacke wie immer. Offensichtlich hatte er keine anderen Kleider. Er betrat das Haus, in dem sich die Fahrschule befand.
Der Mann im Opel holte eine Thermosflasche unter dem Sitz hervor und schenkte sich in einen Plastikbecher Kaffee ein. Er mußte warten, aber allzulange würde dieses Warten nicht dauern. Eine Fahrstunde zählte nur fünfzig Minuten, und in dieser ersten Stunde würde Weber sowieso nicht gleich fahren, sondern Theorie und derlei Kram zu hören bekommen, wie es am Anfang üblich war.
Die Fahrstunden würden in Zukunft Schlag auf Schlag folgen, mindestens dreimal pro Woche, denn Manfred wollte, daß der

Junge das Autofahren so schnell wie möglich lernte. Für Webers weiteren Einsatz war der Führerschein eine Notwendigkeit.
Pünktlich nach fünfzig Minuten kam Weber wieder. Er schien förmlich zu schweben. Er versprühte eine Hochstimmung, als wollte er im nächsten Moment die ganze Welt umarmen. So ist's recht, dachte der Hakennasige zufrieden. Nicht nur Drohungen gehörten zur Taktik der Geheimdienste, sondern auch das Erfüllen von Wünschen. Das hatte oft eine viel nachhaltigere Wirkung.
Als Weber verschwunden war, fuhr der Mann zu einem Gebrauchtwagenhändler im Stadtteil Albisrieden. Er hielt Ausschau nach geeigneten Objekten und notierte sich drei Wagen, die in Frage kamen, denn er zweifelte nicht, daß der blonde Junge die Fahrprüfung beim ersten Mal und mit Glanz und Gloria bestehen würde.

Die Ereignislosigkeit der folgenden zwei Tage, in denen Weber die Zeitungen nach Wohnungsangeboten durchforschte, wurde nur durch vier Telefonanrufe Vonderaus unterbrochen. Weber versicherte ihm jedesmal, daß es nichts zu melden gebe, und brauchte dabei nicht einmal zu lügen.
Am dritten Tag stieß er im »Tagblatt der Stadt Zürich« auf ein vielversprechendes Inserat. Ein Schlosser in der Quellenstrasse im Stadtkreis 5, nahe der St.-Josef-Kirche, hörte altershalber mit der Arbeit auf. Er hatte eine große Werkstatt und einen daran anschließenden Büroraum zu verkaufen. »Einem jungen Mann, der sich selbständig machen möchte, bietet sich eine einmalige Gelegenheit«, stand in diesem Inserat. »Meine Stammkundschaft kann übernommen werden.«
Weber überlegte zehn Minuten, wog Für und Wider ab, dann lief er zum Telefon, legte aber wieder auf, nachdem er bereits die ersten Ziffern der Nummer gewählt hatte. Er zog seine

Jeansjacke an und lief in die Quellenstrasse, die ungefähr eine Viertelstunde von seiner Wohnung entfernt war.
Der Schlossermeister war ein kleines, rundliches Männchen mit einem spiegelglatten Kopf und einer Brille mit altmodischen runden Gläsern.
»Ich habe zwei Söhne, aber keiner will das hier übernehmen«, klagte er. »Und ich mag nicht mehr. Schon vierzig Jahre habe ich meine Werkstatt. Aus den schwierigsten Anfängen habe ich mich emporgearbeitet. Du meine Güte, was könnte ich alles erzählen! Man muß einfach für die Kundschaft dasein, wenn sie einen braucht. Und da kann es halt manchmal ein Zwölfstundentag werden, wenn nicht noch mehr. Aber die Jungen wollen das nicht. Sie sagen, daß sie viel lieber . . .«
»Ich will«, unterbrach Weber den Redefluß des Mannes und wunderte sich über die Selbstverständlichkeit, mit der er diese Entscheidung fällte. Schließlich hatte Manfred die Räume gar nicht gesehen, und noch war kein Preis genannt worden.
»Das Haus gehört dazu«, erklärte der Handwerker, der Jakob Brunner hieß, wie eine große Tafel an der Hauswand verkündete. »Man kann das eine ohne das andere nicht übernehmen. Aber wer hier einsteigt, hat etwas fürs Leben.«
»Das kommt etwas überraschend«, wich Weber aus. »So viel Geld habe ich nicht. Ich muß . . . nun, ich muß es mir noch einmal überlegen.«
»Klar«, nickte Brunner lächelnd. »Wissen Sie, einem tüchtigen jungen Mann geben die Banken ohne weiteres Kredit.«
Weber nagte an seiner Unterlippe und starrte auf den Betonboden der Werkstatt. »Können Sie zwei Tage warten?« fragte er murmelnd.
»Aber sicher«, antwortete der Schlossermeister. »Ich habe ein Leben lang geschuftet, jetzt habe ich Zeit.«
Weber verabschiedete sich, marschierte zum Limmatplatz und setzte sich auf eine Bank im Straßenbahnhäuschen.

Wenn ich diesen Manfred wenigstens erreichen könnte, dachte er ärgerlich. Aber der tut ja so geheimnisvoll... Ich brauche keine Bank, sondern seine Entscheidung. Wer weiß denn, wann der wieder anruft? Aber andererseits... es war ein Glücksfall, daß der Schlosser glaubte, Webers Ja oder Nein hänge vom Entschluß einer Bank ab, und es war ja auch ein naheliegender Gedanke. Welcher junge Mann hatte schon so viel Geld, um die Liegenschaft übernehmen zu können? Es kam jetzt darauf an, ob Manfred es hatte.
Weber konnte nichts anderes tun als warten. Und zum ersten Mal in seinem Leben machte es ihn ungeduldig.

Der junge Dorian Weber hatte sich umsonst Gedanken gemacht. Noch am gleichen Abend klingelte sein Telefon.
»Hier Manfred. Sind Sie allein?«
»Ja, natürlich. Ich habe auf Ihren Anruf gewartet.«
»Wie geht's mit den Fahrstunden?« Das fragte er nur zum Schein. Der Mann mit den Knopfaugen hatte ihn informiert. Den andern nicht wissen zu lassen, was man selber wußte, auch das gehörte zur Strategie der Geheimdienstleute.
»Ich habe eine Werkstatt und einen Büroraum gefunden«, platzte Weber heraus, ohne auf Manfreds Frage einzugehen.
Der horchte auf, ließ sich aber nichts anmerken. »Erzählen Sie.«
Weber erzählte. Zum Schluß nannte er den Preis und hielt den Atem an. Manfreds Gedanken begannen sich zu jagen. Hausbesitzer zu werden war nicht Bestandteil seines Plans. Da gab es Eintragungen im Grundbuchamt, und die Gebäudeversicherung bekam Kenntnis vom neuen Eigentümer. Unter Umständen lasteten Hypotheken auf dem Haus, also mußte der Verkauf auch bei einer oder sogar mehreren Banken bekanntgegeben werden. Das alles konnte den Ablauf der Sache möglicherweise gefährden.

Aber dann kam ihm eine Idee. Hatte der Mann mit der hohen Flüsterstimme in Schaan nicht gesagt, daß die Aktion vorangetrieben werden müsse?
»Hören Sie«, sagte Manfred, »Sie bleiben jetzt zu Hause, damit ich Sie ohne Verzögerung erreichen kann. In spätestens einer Stunde rufe ich Sie wieder an.«
Er drückte die Gabel ohne ein Abschiedswort nieder, behielt den Hörer aber am Ohr und wählte mit 075 die Nummer im Fürstentum Liechtenstein.
Der Mann am anderen Ende der Leitung überlegte nicht lange. Er freute sich und kicherte vor Vergnügen. »Kaufen!« sagte er sofort. »Alles auf meinen Namen eintragen lassen. Und dann Volldampf, Manfred! Ich werde Sie bald besuchen, und dann will ich etwas sehen!«
Das Fürstentum Liechtenstein bildet mit der Schweizerischen Eidgenossenschaft eine Zollunion; beide Länder benutzen dieselbe Währungseinheit. Die Schweiz vertritt Liechtenstein auch diplomatisch, und wer von der Schweiz her einreist, braucht keinen Paß vorzuweisen.
Aber – das war das Zugeständnis, das dem höheren Ziel der Aktion zuliebe gemacht werden mußte – die Identität des Mannes in Liechtenstein konnte nicht länger ein Geheimnis bleiben. Doch das war weiter nicht schlimm und fiel niemandem auf. Der Flüsterer war Inhaber einer Immobilienfirma mit Sitz in Schaan, und diese kaufte ein Haus, wie es den statutarischen Bestimmungen der Gesellschaft entsprach.
Weber, der, ungeduldig Manfreds Anruf erwartend, wie auf glühenden Kohlen saß, erfuhr das alles nicht. Er bekam den Auftrag, das Haus zu kaufen, ohne zu feilschen.
»Gut«, sagte Weber. »Es wird alles in Ihrem Sinn erledigt. Nur . . . ich meine, ich muß doch irgendwo unterschreiben, und Geld muß überwiesen werden.«
»Sie geben dem Schlosser die Zusicherung, daß alles in seinem

Sinn erledigt wird, und dann ist für Sie erst einmal Sendepause. Alles andere lassen Sie meine Sorge sein. Und halten Sie sich von diesem Grundstück fern. Ich sage Ihnen früh genug, wann ich Sie wieder brauche. Bis die Liegenschaft in unserem Besitz ist, haben Sie die Fahrprüfung gemacht. Und besorgen Sie endlich die Reglements über den Handel mit Waffen und das Bundesgesetz über Kriegsmaterial, verstanden!«
Manfred unterbrach die Verbindung, und Weber nickte in die Stille hinein. Ein Lichtschimmer zeichnete sich ab. Er würde die Chance nutzen. Spätestens in diesem Augenblick hatte er sich entschieden.

Am nächsten Morgen lief Dorian Weber zur Kantonspolizei in der Zeughausstrasse. Nachdem er das Büro wieder verlassen hatte, notierte sich der diensthabende Beamte den Namen und die Adresse des jungen Mannes. Eine reine Vorsichtsmaßnahme. Der Beamte gehörte zum Stab jener Leute, die die privaten Waffenhändler in Zürich im Auge behielten.
Weber ging nach Hause und warf die Reglements in eine Schublade. Dann sauste er die Treppe hinunter. Jetzt war es an der Zeit, den Handel mit dem Schlosser Jakob Brunner perfekt zu machen, wenn auch nur mündlich.
Er lief aus dem Haus, die Nietengasse entlang und bog in die Dienerstrasse ein. Da hörte er seinen Namen rufen. Er blieb so abrupt stehen, als halte ihn jemand zurück. Er drehte sich um. Inspektor Vonderau winkte ihn zu sich heran.
Es war nicht gerade Freude, was Weber verspürte, während er Vonderau perplex anstarrte. Mit Vonderau hatte er nicht gerechnet. Widerstrebend ging er hin. Er hatte ein ziemlich schlechtes Gewissen. Hätte es für ihn nicht selbstverständlich sein müssen, den Bundespolizisten über die neue Sachlage zu informieren? Weber kannte die Antwort; von der Stimme in seinem Innern wollte er sie gar nicht hören.

»Steigen Sie ein«, sagte Vonderau und öffnete die Tür seines silbergrauen BMW. »Wohin denn so eilig? Sie sind doch nicht etwa auf der Flucht? Werden Sie verfolgt?«
Weber holte tief Luft. Er sah keinen Ausweg. Da er nicht wußte, wo Manfreds Tun enden würde, handelte er nur von einem Augenblick zum anderen.
»Ich habe einen Auftrag«, sagte er und betrachtete seine Finger. »Ich hatte keine Zeit mehr, Ihnen zu telefonieren.«
»Dann erzählen Sie's mir jetzt.«
Weber erzählte alles, sprach von der Liegenschaft und der Werkstatt. Auch die Reglements erwähnte er.
»Das ist ja höchst interessant«, stellte Vonderau fest, aber im Grunde half es ihm nicht den kleinsten Schritt weiter. Gab es bei dieser Sache absichtlich gelegte falsche Spuren, und wenn ja, wie viele und welche? War dieses Unternehmen mit Dorian Weber vielleicht nichts als eine riesengroße Finte, während in Wirklichkeit eine ganz andere Sache in Szene ging?
»Ich fahre Sie hin«, sagte er kurz entschlossen.
»Ich möchte allein hingehen.«
Vonderau war überrascht. »Werden Sie beobachtet?«
»Ich weiß es nicht. Aber selbst wenn es so wäre, dann hätte der Beobachter schon gesehen, daß ich zu Ihnen in den Wagen gestiegen bin. Anhand der Autonummer kann man feststellen, wer Sie sind, und alles wäre verpatzt.«
»Das stimmt«, gab Vonderau zu. »Trotzdem, halten Sie mich auf dem laufenden. Mir scheint, Ihre Angst ist in den letzten Tagen erheblich kleiner geworden. Oder nicht?«
Weber gab keine Antwort. Er stieg aus und ging zur Quellenstrasse. Als er dem Schlosser Jakob Brunner gegenüberstand, wirkte die Begegnung mit Vonderau bereits nicht mehr in ihm nach.
»Alles in Ordnung, Herr Brunner«, sagte er fröhlich. »Es hat geklappt. In den nächsten Tagen wird alles perfekt gemacht.«

»Das freut mich«, sagte der alte Handwerker, der bereits seine Werkstatt aufräumte. »Kommen Sie, trinken wir einen Schluck. Dann kann ich Ihnen jetzt schon alles Gute wünschen.«
Weber nickte. »Ich kann's brauchen«.

Inspektor Vonderau folgte Weber nicht. Er blieb noch eine Weile im Auto sitzen, betrachtete aufmerksam die Umgebung, aber kein Wagen scherte aus einem Parkplatz aus, und niemand war die ganze Zeit über »unauffällig« herumgestanden. Dafür hatte Vonderau einen Blick. Daß nichts geschah, konnte sehr viel oder sehr wenig bedeuten. Es verbreitete einmal mehr Unsicherheit. Vielleicht wurde gerade das bezweckt.
Einer plötzlichen Eingebung folgend, stieg Vonderau aus. Langsam schlenderte er über die Straße und zu dem Haus, in dem Weber wohnte. Im Hof bastelte jemand an einem alten Auto herum. Aus einem geöffneten Fenster ertönte Radiomusik.
Die schwere Tür fiel hinter ihm hart ins Schloß. Vonderau wartete. Im Treppenhaus war es still wie in einer Kirche am Montag. Behutsam stieg er hoch bis zu Webers Wohnung. Keine verdächtige Bewegung, kein verdächtiges Geräusch. Er betrachtete das Schloß an der Tür. Es würde keine große Mühe machen, es zu öffnen. Nicht daß er das vorhatte, aber es konnte nicht schaden, diese Tatsache zu kennen.
Er verließ das Haus, fuhr durch die Langstrasse zum Limmatplatz, dann Richtung Hauptbahnhof, über das Central hinauf zur Rämistrasse und in die Huttenstrasse, wo er wohnte.
Vera zog sich gerade an. Sie hatte Nachtdienst. Er kam, und sie ging. Die Gefahr des Aneinandervorbeilebens wurde ihm wieder einmal deutlich vor Augen geführt.
»Um halb zwölf kann ich heute Schluß machen«, sagte sie. »Wenn nichts dazwischenkommt.«
»Soll ich dich abholen?«
»Kannst du das?«

Vonderau lächelte. »Wenn nichts dazwischenkommt.«
»Es würde mich sehr freuen.«
Er sah ihr zu, wie sie ihr langes Haar bürstete, sich die Lippen schminkte. Sie trug eine weiße Hose, eine weiße Bluse und eine dunkelblaue Lederjacke.
»Wie geht's eigentlich in der Sache mit diesem jungen Mann weiter, Weber heißt er, glaube ich, oder?« fragte sie.
»Es tut sich etwas, und es tut sich nichts«, antwortete er. »Ich hasse diese Phase, in der man nie weiß, ob man nun weiterkommt oder ob man sich das nur einbildet. Je länger die Affäre am Kochen ist, desto weniger bin ich mir darüber im klaren, was ich von Weber halten soll.«
»Ich dachte, das sei das einzige, was klar ist?«
»Das dachte ich auch, aber plötzlich habe ich so ein komisches Gefühl.«
Vera Schneider suchte ihre Utensilien zusammen und packte sie in eine große Umhängetasche.
»Hast du den Spray?« fragte Vonderau.
Vera nickte lächelnd. Als einzige Waffe besaß sie eine Spraydose mit Tränengas. Wenn sie von einem Mann wirklich angegriffen wurde, war sie immer im Nachteil. Und wenn eine Pistole auf sie gerichtet wurde, konnte sie das Tränengas sowieso vergessen.
»Es ist nur Bürodienst vorgesehen«, sagte Vera. Aber das Vorgesehene hatte ihnen noch nie Probleme aufgegeben. Nur das Unvorhergesehene.
»Mach's gut«, sagte Vonderau. »Paß auf dich auf. Wenn ich kommen kann, hole ich dich pünktlich ab.«
Sie verließ die Wohnung, Vonderau ging zum Telefon. Er bekam seinen Chef überraschend schnell an den Apparat.

Es wurde beinahe ein Monolog, als der Inspektor Otto Weiss informierte.

»Hast du schon mal davon gehört, daß gewisse Geheimdienste dazu übergehen, in verschiedenen Städten Stützpunkte in Form von legalen Firmen einzurichten?« fragte Weiss, als Vonderau mit seinen Ausführungen zu Ende gekommen war.
»Davon habe ich tatsächlich schon öfter gehört. Aber ich kann das nicht glauben«, entgegnete Vonderau.
Weiss nannte ihm Beispiele. Die Mafia hatte mit ihren Geldern außerhalb von Italien Firmen gekauft oder gegründet, die völlig den Gesetzen des jeweiligen Landes entsprachen. Niemand hatte eine Ahnung, wer wirklich dahintersteckte. Diese Firmen bildeten die »sauberen« Kapitalanlagen, unberührt von jeder kriminellen Tätigkeit. Von einer solchen Einrichtung konnte ein Mafiaboß leben, falls er sich ins Ausland absetzen oder untertauchen mußte.
Und die Geheimdienste standen der Mafia in nichts nach. So hatte wohl der eine vom anderen gelernt. Mit der Zeit waren die Methoden »verfeinert« und dem Stand der Technik »angepaßt« worden.
»Ein Mann namens Jack Verona vom Nachrichtendienst des amerikanischen Verteidigungsministeriums«, sagte Otto Weiss am Telefon, »glaubt seit langem, daß die amerikanische Forschung bei den Sowjets als richtige Goldmine gilt. Die russischen Bemühungen, amerikanische Technologie auf illegale Weise zu erwerben, rühren aus der Zeit, als Juri Andropow Leiter des KGB war.«
Weiss wußte weiter zu berichten, daß ein Senator aus dem US-Bundesstaat Georgia das Handelsministerium beschuldigte, die Vorschriften über die Handelseinschränkungen schlampig anzuwenden. Polizeibehörden und Nachrichtendienste sollten energischer gegen den Fluß von Mikroelektronik-, Präzisions- und Laser-Technologie vorgehen.
In eine der kühnsten Spionageoperationen war ein Deutscher verwickelt gewesen. Er hatte eine Reihe von Firmen in Deutsch-

land und in Amerika gegründet. Zehn Jahre lang kauften seine Firmen in den beiden Ländern technisches Wissen in verschiedenen Formen für die Entwicklung von Computern und für die Herstellung hochwertiger integrierter Stromkreise – das also, was man für die Fabrikation von Mikroprozessoren bester Qualität benötigte. Er war aber auch im Bereich der Elektronik tätig. Vor allem bekam er Unterlagen über Anwendung, Erprobung und Planungsbereiche von Laser. Das alles war über die deutschen und amerikanischen Firmen, zum Teil unter Mithilfe von sowjetischen Botschaften und Konsulaten, nach Rußland verschoben worden.

»Und du glaubst, daß diese Vorgehensweise auch bei uns Schule machen könnte?« fragte Inspektor Vonderau seinen Chef.

»Ich weiß nicht, ob ich das glauben soll, oder, schlimmer ausgedrückt, glauben muß. Ich vermute es nur«, antwortete Weiss. »Immerhin müssen wir damit rechnen. Was in anderen Ländern zum ersten Mal geschieht, taucht zehn Jahre später auch bei uns auf. Das war mit dem Drogenproblem so, das war mit den organisierten Verbrechen nicht anders. Und in der Spionage haben wir die gleiche Erfahrung gemacht. Sobald wir den Brüdern auf die Schliche kommen, denken sie sich etwas aus, das wir noch nicht kennen.«

»Und du meinst, das könnte auch hier der Fall sein?«

»Warum nicht? Verschaff dir Gewißheit, Dominik. Du hast freie Hand.«

Jetzt schien Vonderau die Gelegenheit günstig. »Ich brauche Geld, Chef«, sagte er und erzählte ihm alles.

»Verdammt noch mal, das geht mir gegen den Strich«, schimpfte Weiss. »Und es ist nicht erlaubt. Du weißt . . .«

»Ich weiß alles, und auch mir geht es gegen den Strich. Aber wenn uns dieser Weg schneller zum Ziel führt . . .«

Zehn Minuten später war Weiss einverstanden, grollend zwar,

aber er war einverstanden. Und jetzt erst hatte Vonderau das Gefühl, freie Bahn zu haben.

Dorian Weber war nach seinem Besuch bei Schlossermeister Jakob Brunner nach Hause geeilt. Nun saß er neben dem Telefon und wartete. Auch ihn überkam ein Gefühl, so etwas wie eine freie Bahn vor sich zu haben, eine abschüssige Bahn, welche die Ereignisse beschleunigte. Eine Wandlung ging mit ihm vor. Endlich hatte er eine Aufgabe, er wurde gebraucht, er war wichtig. Zwei Seiten interessierten sich für ihn. Wann hatte es das schon gegeben!
Wenn Vonderau am Anfang eine Art Jagdfieber gespürt hatte, so erging es Weber jetzt genauso. Er brannte darauf, zu sehen, wie es weiterging, er wollte Resultate. Seine Tätigkeit war bestimmt noch nicht zu Ende. Manfred hatte doch gesagt, es sei nur vorläufig Sendepause.
Er erlöste Weber mit einem Telefonanruf.
»Hat alles geklappt?«
»Bestens«, versicherte Weber. »Dem Abschluß steht nichts mehr im Weg. Sie müssen ... «
»Ich weiß, was ich zu tun habe, mein Lieber.«
»Aber ich weiß nicht, was ich zu tun habe.«
»Das werde ich Ihnen schon sagen. Vorerst haben Sie mit den Fahrstunden doch genug zu tun, oder nicht?«
»Doch, selbstverständlich. In einer halben Stunde muß ich gehen. Das ist dann schon die fünfte Fahrstunde.«
»Dann machen Sie sich auf die Socken«, sagte Manfred und legte auf.
Aber Weber wollte vorher noch etwas anderes erledigen. In der Langstrasse, kurz vor der Bahnunterführung, gab es ein Herrenmodegeschäft. Da wollte er mal vorbeischauen. Er hatte plötzlich genug von seinen verwaschenen Jeans.

Manfred hatte aufgelegt und sofort wiedergewählt – nach Schaan im Fürstentum Liechtenstein.
»Es ist alles okay«, sagte er. »Jetzt sind Sie an der Reihe.«
Der Mann am anderen Ende der Leitung lachte. Es klang wie ein nervöses Zischen. »Und ich werde nicht aus der Reihe tanzen, Manfred, da können Sie sicher sein! Geben Sie mir jetzt die genaue Adresse der Liegenschaft. Und ich brauche Fotos davon. Nehmen Sie eine Polaroidkamera und fotografieren Sie das Haus von allen Seiten. Sie können natürlich auch Weber mit der Aufgabe betrauen. Das überlasse ich Ihnen.«
»Ist gut. Sonst noch etwas?«
»Nein, im Augenblick nicht. Wiedersehen.«
Und auch der Flüsterer wählte sofort wieder. Er mußte Gewißheit haben, bevor er weiter handeln konnte.
In einem etwas oberhalb von Schaan gelegenen Haus, dessen parkähnlicher Garten von einem weißen Lattenzaun umgeben war, klingelte das Telefon.
Der Mann, der den Hörer abnahm, hatte dichtes weißes Haar. In seinem gebräunten Gesicht bildeten die Falten kleine, scharfe Schluchten.
»Endlich habe ich ein geeignetes Objekt für Sie«, sagte der Mann mit der hohen Stimme.
»Tatsächlich?«
»Ja. Sie wollten doch schon lange ein Renditehaus in Zürich, und nach einigen Bemühungen habe ich eines gefunden.«
Der Flüsterer übertrieb absichtlich, denn er wollte zwei Fliegen mit einer Klappe schlagen. In der nächsten Viertelstunde würde er für das Haus, das seinen dunklen Absichten diente, auch noch einen hübschen Gewinn einsacken.
Er nannte dem Mann einen Betrag, der um fünfzigtausend Franken höher lag als jener, den der Schlosser Jakob Brunner als Verkaufspreis genannt hatte. Steuern mußte er für diese

Transaktion keine bezahlen, denn er saß ja in Liechtenstein – und er war nicht der Käufer.
»Es gibt nur eine Bedingung, und die stellt weder ein Risiko noch einen Nachteil dar«, sagte der Immobilienhändler. »Für die zur Liegenschaft gehörende Werkstatt muß mit einem gewissen Dorian Weber ein Vertrag für mindestens zehn Jahre abgeschlossen werden.«
»Nun, warum nicht?« meinte der Weißhaarige. »Sie sagen, das sei kein Risiko, und Sie sind der Fachmann.«
»Dann schließe ich also ab«, sagte der Flüsterer, als hätte er das nicht schon längst im Sinn gehabt. »Es ist ein sehr gutes Objekt. Sie werden zufrieden sein.«
»Ich danke Ihnen. Sie melden sich wieder, wenn ich für die notwendigen Eintragungen zur Stelle sein muß, nicht wahr?«
»Selbstverständlich. Und der Dank ist ganz auf meiner Seite«, erwiderte der Immobilienhändler. Das war nicht gelogen. Ein Haus gekauft und innerhalb einer Viertelstunde daran fünfzigtausend Franken verdient – ein gutes Omen, dachte er zufrieden. Er zweifelte nicht daran, daß das Fortschreiten dieses Unternehmens weiter unter einem für ihn günstigen Stern stehen würde.

An einem Freitagmorgen war ein junger Mann namens Dorian Weber mit einer seltsamen Mitteilung bei der Stadtpolizei Zürich aufgetaucht. Seine Aussage war so mysteriös und zugleich brisant gewesen, daß man sie an die Bundespolizei in Bern weiterleitete.
Einen Monat später, an einem milden Frühlingstag, hatte sich Inspektor Vonderau mit dem jungen Mann im Garten des Restaurants Strohhof in Zürich getroffen.
Und wieder etwas später war ein Wohnhaus mit dazugehöriger Werkstatt an der Quellenstrasse von Schlossermeister Jakob Brunner an einen gewissen Edwin Hermann, Kaufmann in

Schaan, Liechtenstein, verkauft worden. Damit schien die Aktion bereits ihren Höhepunkt erreicht zu haben.
In den darauffolgenden drei Wochen sah und hörte Weber nichts mehr von Manfred. Sein Verschwinden war so total, daß der Eindruck entstand, als habe es ihn nie gegeben.
»Die Sache gefällt mir nicht«, sagte Vonderau schlechtgelaunt. Sie saßen sich in Webers Wohnstube gegenüber. Ein paar Minuten vor elf Uhr nachts hatte es an der Wohnungstür geklingelt. Weber war bereits im Bett gewesen und hatte gelesen. Er war davon überzeugt gewesen, Manfred stehe vor der Tür, aber es war Vonderau. Weber hatte seinen alten Trainingsanzug angezogen und gespannt darauf gewartet zu erfahren, was der Bundespolizei-Inspektor von ihm wollte.
Aber Vonderau gab keine Erklärungen, sondern stellte im Gegenteil Fragen – Fragen, die Weber nicht beantworten konnte. Mehr als einmal sagte er, daß ihm die Sache nicht gefalle.
»Sie haben überhaupt nichts mehr von diesem Manfred gehört?«
»Nein«, antwortete Weber.
»Und Sie machen sich deswegen überhaupt keine Gedanken?«
»Was für Gedanken soll ich mir denn machen, Herr Vonderau? Weiß ich denn, was gespielt wird? Ich bin doch nur ein Mittel zum Zweck.«
»Sie verschweigen mir doch nichts, Herr Weber?«
Der junge Mann schüttelte den Kopf. »Ich wüßte nicht, was.« Plötzlich hob er den Blick und sah den Inspektor an. »Sie verschweigen mir doch auch nichts, Herr Vonderau, oder?«
Vonderau zündete sich eine Zigarette an. »Was halten Sie denn von der ganzen Sache?« fragte er in den aufsteigenden Rauch hinein.
Weber zuckte die Schultern. Was sollte er davon halten? Er hatte nichts zu tun und bekam kein Geld mehr, und das gefiel ihm nicht. Anderseits mußte er sich dafür nicht mit dubiosen

Aufträgen herumschlagen und konnte in zwei Tagen die Fahrprüfung machen. Das gefiel ihm. Was sollte er also von der Sache halten?

»Nun?« fragte Vonderau.

»Ich weiß es nicht«, antwortete Weber, und er war erleichtert, wieder einmal die Wahrheit sagen zu können.

Vonderau stand auf. »Übrigens wollte ich mich noch für die Störung zu so später Stunde entschuldigen«, sagte er. »Ich konnte mir einfach nicht erklären, warum plötzlich Stillschweigen herrscht. Und ich kann es mir auch jetzt noch nicht erklären. Aber immerhin haben Sie Ihr Einverständnis gegeben, mit mir zusammenzuarbeiten. Das wird auf jeden Fall wohlwollend zur Kenntnis genommen.«

»Dann ist es ja gut«, meinte Weber geistesabwesend.

»Wiedersehen«, sagte Vonderau und ging.

Weber blieb sitzen. Er fragte sich, wo Manfred wohl stecken mochte. Manfred hatte ihm befohlen, sich von der Liegenschaft an der Quellenstrasse fernzuhalten, also tat er es. Noch immer fürchtete er sich mehr vor Manfred als vor Vonderau. Aber die Fahrstunden und die Gebühren für die Fahrprüfung waren bezahlt worden; also mußte es Manfred noch geben. Er mußte immer noch mit ihm rechnen. Im guten wie im schlechten.

Er holte sich eine Dose Bier aus dem Kühlschrank und trank. Dann legte er sich ins Bett. Aber er konnte lange nicht einschlafen.

Vonderau ging ganz leise die Treppe hinunter. In der Hofeinfahrt wartete er, bis sich seine Augen an die Dunkelheit gewöhnt hatten. Von der Langstrasse wehten Musikfetzen herüber, vereinzelte Rufe und der Lärm von Autotüren, die zugeschlagen wurden.

Er schlenderte zur Dienerstrasse und stellte sich mit einer schnellen Bewegung in die undurchdringliche Schwärze des

Einganges beim Schulhaus. Zehn Minuten lang wartete er. Niemand tauchte auf, der ihm zu folgen versuchte. Da beendete er das Versteckspiel, ging zu seinem Wagen und fuhr weg.

Vera, seine Freundin, hatte einmal keinen Nachtdienst und keine Nachtpatrouille, die bis zum frühen Morgen dauerte. Als er vor dem Gebäude der Kantonspolizei an der Zeughausstrasse vorfuhr, wartete sie bereits. Sie stieg ein und küßte ihn leicht auf die Wange.

»Wollen wir irgendwo noch etwas trinken?« fragte Vonderau.

Sie schüttelte den Kopf. »Das können wir auch zu Hause tun. Ich bin froh, wenn ich daheim ein bißchen Ruhe habe.«

»War es ein schlimmer Tag?«

Sie legte den Kopf an seine Schulter, während er in Richtung Löwenplatz fuhr.

»Eigentlich nicht«, meinte sie. »Das Übliche. Zuerst jede Menge Schreibkram, dann stand am Nachmittag plötzlich ein Mädchen im Büro, eine Vierzehnjährige. Sie zitterte am ganzen Körper, und Tränen liefen ihr über das Gesicht. Eine ehemalige Drogenabhängige. Sie kam eben von einer Entziehungskur zurück. Ich sah sofort, daß sie rückfällig geworden war.«

Vonderau schwieg. Er wußte nur zu gut, wieviel Elend und Jammer sich hinter einem solchen Erlebnis verbarg. Was sich in den Büros der Beamten abspielte, war nur das deprimierende Resultat einer Menge von Fehlern und Lieblosigkeiten, von menschlichem Unvermögen und Versagen.

Sie setzten sich ins Wohnzimmer, Vonderau öffnete eine Flasche Wein. Nach dem ersten Schluck sagte Vera: »Am frühen Abend bekamen wir dann noch den Hilferuf eines Mieters in der Kernstrasse. Im Parterre seines Hauses wohnt ein Türke. Er arbeitet im Rangierbahnhof. Jedesmal, wenn er zur Arbeit ging, schloß er seine junge Frau in der Toilette ein. Er war dermaßen eifersüchtig, daß sie während seiner Abwesenheit weder telefonieren noch sonst etwas machen durfte, was sie in Kontakt mit anderen Menschen – eventuell mit einem Mann – bringen konnte. Die junge Frau hatte bisher immer alles erduldet, das Verhalten ihres Mannes als Selbstverständlichkeit hingenommen, weil sie nichts anderes kannte. Aber an diesem Abend drehte sie durch. Sie bekam Platzangst. Sie schrie wie am Spieß und hämmerte mit den Fäusten an die Toilettentür, bis die anderen Mieter es nicht mehr aushielten. Wir gingen hin und befreiten sie.«

Sie hielt dem schweigenden Vonderau das Glas hin. Vonderau schenkte ein. Nach einer Weile sagte Vera: »Und wie kommst du vorwärts?«

Er stieß die Luft aus und schüttelte den Kopf. »Ich weiß es nicht, Vera. Ich komme mir vor wie einer, der auf so einem Gesundheitsfahrrad sitzt, das man in der Wohnung aufstellen kann. Man schwitzt wie ein Affe und müht sich ab und kommt doch nicht vom Fleck.«

Er stand vom Sessel auf, trat ans Fenster, schaute in die lichtergesprenkelte Nacht hinaus und begann zu erzählen: »Es ist wie verhext. Am Anfang glaubte ich, ich wäre einem ausgeklügelten, dubiosen Unternehmen auf der Spur, aber seit drei Wochen passiert nichts mehr. Einfach nichts. Ich frage mich nun, ist die Aktion abgeschlossen oder nur abgebrochen? War der Kauf der einzige Zweck des Unternehmens? Und wenn ja, warum so umständlich und so geheimnisvoll? Wenn jemand – wer auch immer es sein mag – sich hier so etwas wie einen Stützpunkt eingerichtet hat, wird früher oder später wieder etwas geschehen. Aber was? Weißt du, ich kann einfach nicht glauben, daß die Sache schon zu Ende sein soll.«

Vera ging zu ihm hin, legte den Arm um seine Hüften und küßte ihn. »Domi, vielleicht ist dieser Dorian Weber nur ein kleines Rädchen, das sich auf Befehl dreht oder stillsteht. Vielleicht nimmt er dich auf den Arm, legt dir absichtlich eine falsche Spur und steckt in Wahrheit mit den andern unter einer Decke. Du mußt dir Gewißheit verschaffen!«

Viel später, als es von einer nahen Kirche längst ein Uhr geschlagen hatte, lag Vonderau immer noch wach. Neben sich hörte er die regelmäßigen Atemzüge von Vera, die in tiefen Schlaf gefallen war.
Vielleicht habe ich wirklich zu lange gewartet, dachte er. Eine Aktion kann sich selbst verraten, wenn sie immer größer wird und irgendwann etwas Falsches oder Auffälliges geschieht. Sie kann aber auch klein gehalten werden und trotzdem wirksam sein. Sie hat den Zweck erreicht, sie wird abgeschlossen, und dann steht man mit leeren Händen da.
Um halb zwei stand er leise auf, zog sich an und verließ das Haus.

In der Aktion war kein Stillstand eingetreten, sie war weder abgeschlossen noch abgebrochen. Und sie war auch nicht schon vorbei, kaum daß sie begonnen hatte. Sie bewegte sich still und leise, als hole sie Atem für den nächsten großen Schritt.
Das Haus an der Quellenstrasse war nur in seinen Umrissen zu erkennen. Schweres Gewölk hatte sich im Lauf der Nacht vor den Mond geschoben. Wind war aufgekommen. Die Luft roch nach Regen.
Nichts tat sich. Kein Licht brannte, keine Bewegung war zu erkennen. Während der zwanzig nicht enden wollenden Minuten, in denen Vonderau im Auto saß und das Haus beobachtete, hatte sich nichts verändert. Diese kleine Ecke der Stadt war wie ausgestorben.
Der Bundespolizei-Inspektor stieg aus. Er huschte über die Straße. Eng an den Stamm einer Platane gelehnt, wartete er einige Minuten lang. Nichts ereignete sich, jedenfalls nichts im Haus und nichts, das verdächtig erschien.
In der nahen Limmatstrasse fuhr ab und zu ein Auto vorüber. Aus einem davon drang laute Radiomusik herüber, als wäre es eine fahrende Diskothek.

Vonderau bewegte sich auf das Haus zu. In einem solchen Augenblick konnte er sich nie des Gefühls erwehren, daß aus dem Dunkel Augen ihn beobachteten und jeden Schritt registrierten. An der Längsseite des Hauses befand sich die Eingangstür. Vonderau ging um das Haus herum. Er betrat einen kleinen, mit Kopfsteinen gepflasterten Hof. An der Breitseite war das Gebäude dicht mit Efeu bewachsen. Vonderau ging näher heran. Er stand direkt vor der Werkstatt.

Die Tür war aus grünbemaltem Holz und mit schweren Eisenbeschlägen versehen. Links und rechts von ihr befanden sich große Sprossenfenster.

Vonderau versuchte ins Innere zu blicken, aber im Haus wie im Freien herrschte nichts als Schwärze. Er holte eine kleine Taschenlampe hervor, sie half ihm nicht weiter. Das Licht brach sich im Glas und blendete ihn. Er war ins Leere gelaufen und ärgerte sich darüber. Er versuchte ein Fenster aufzudrücken, rüttelte an der Tür, um irgendeine Reaktion zu provozieren, damit wenigstens etwas passierte, das vielleicht Anhaltspunkte geben würde. Aber alles, was folgte, war Stille. Da lief nichts mehr.

Es gab nicht nur Stille. Es gab einen Mann mit einem tief in der Stirn beginnenden Haaransatz und Augen wie Knöpfe aus Samt. Dieser Mann stand im Hintergrund der Werkstatt, verschmolzen mit der Dunkelheit in dem düsteren Raum. Er war in einer vorteilhaften Position. Man konnte ihn nicht erkennen, er hingegen sah jede Bewegung der Gestalt vor den Fenstern.

Ein verdammter Penner, dachte der hagere Mann mit den Samtknopfaugen. Einem ersten Impuls folgend, war er drauf und dran, aus seinem sicheren Versteck in einem Winkel der Werkstatt hervorzukommen und den Kerl mit einem Tritt in den Hintern zu verjagen. Aber Manfred hatte ihm eingeschärft, sich absolut still zu verhalten. Nicht auffallen war oberstes Gebot.

Nach einigen Minuten sah er, wie sich die Gestalt noch einmal in Richtung Tür bewegte. Doch sie rüttelte nicht mehr daran und versuchte auch sonst nicht, einzudringen. Kurz darauf herrschte wieder die Stille, die das Haus in all den bisherigen Tagen umgeben hatte. Wer auch immer das gewesen war, er war wieder gegangen.

Von der Straße aus beobachtete Vonderau eine Zeitlang weiter das Haus. Er konnte nur das feststellen, was er vorher festgestellt hatte: nichts.

Er rauchte eine Zigarette und versuchte sich mit der Tatsache auseinanderzusetzen, daß die Aktion offenbar abgeschlossen war, bevor sie richtig begonnen hatte – jedenfalls für ihn richtig begonnen hatte.

Ein bitteres Gefühl der Niederlage überkam ihn. Nun würde er nie erfahren, was sich wirklich abgespielt hatte.

4

Noch am gleichen Tag – Vonderau lag nach seinem nächtlichen Ausflug wie erschlagen im Bett, wach, aber zu müde, um einen klaren Gedanken zu fassen – fuhr ein kleiner Lieferwagen bei der Werkstatt vor. Auch der Mann mit der Hakennase und den Knopfaugen war müde. Er rappelte sich von seinem Stuhl hoch. Das Vorkommnis in der Nacht mit der um die Werkstatt schleichenden Gestalt hatte er schon fast vergessen. Als er den Lieferwagen hörte, war er für die Abwechslung dankbar.

Er öffnete die Tür in der gleichen Sekunde, in der Vera Schneider zu Vonderau ans Bett trat und ihn auf die Wange küßte. »Ich habe Kaffee gemacht«, sagte sie. »Den wollen wir jetzt in aller Ruhe trinken. Nachher sehen wir weiter.« Sie wußte, wie einem zumute war, wenn es nicht so lief, wie man es erwartet hatte.

Er streckte den Arm aus und zog Vera an sich. Sie hatte recht. Nachher würde man weitersehen. Nachher war immer noch Zeit, sich mit dem auseinanderzusetzen, was er offenbar verpaßt hatte.
Ein junger Mann in rotem Overall öffnete die Hecktür des Wagens und holte vier etwa dreißig Zentimeter lange dünne Pappröhrchen hervor und einen würfelförmigen verschnürten Karton. Er wandte den Kopf, als der Hakennasige aus dem Haus kam.
»Es ist zwar am Haus nichts angeschrieben, aber ich bin hier wohl richtig«, meinte er.
Der Mann nickte lächelnd. Er nahm ihm die Pappröhren und den Karton sanft aus der Hand.
»Der Empfang ist noch zu bestätigen«, sagte der Fahrer und hielt ihm einen gelben Lieferschein und einen Kugelschreiber hin.
Der Hakennasige kritzelte irgend etwas darauf und sagte: »Das haben Sie sehr gut gemacht.«
Der Fahrer runzelte überrascht die Stirn. »War ja auch nicht schwierig.« Er stieg in seinen Wagen und fuhr rückwärts aus dem Hof hinaus.
Der Knopfaugenmann verstaute die Gegenstände behutsam in der Werkstatt. Er sah sich um. Alles war in bester Ordnung. Sorgfältig schloß er die grüngestrichene Tür hinter sich ab und ging mit einem unterdrückten Gähnen auf den Lippen weg. Er hatte jetzt keinen größeren Wunsch, als sich in ein Bett zu legen und lange zu schlafen.

In einem kleinen Hotel wischte sich ein Mann mit einer dunklen Hornbrille und säuberlich frisiertem gewelltem Haar mit einer makellos weißen Serviette die Lippen ab. Er hatte ausgiebig gefrühstückt. Er war ausgeruht und zufrieden.
Zehn Minuten später verließ er das Hotel. Eine halbe Stunde

darauf stand er an der Straßenbahnhaltestelle Hauptbahnhof. Er trug dunkelblaue Hosen, ein blaues Hemd und eine graue Windjacke mit gestricktem Kragen. In der rechten Hand hielt er eine Plastiktüte des Warenhauses Jelmoli.
Der Mann lief die Treppe hinab in die Bahnhofpassage und verschwand in einer öffentlichen Toilette.
Es dauerte rund zehn Minuten, bis er wieder erschien. Nur jetzt sah der Mann so aus, wie Dorian Weber ihn unter dem Namen Manfred kannte. Die dunkle Hornbrille und die Perücke, die volles, gewelltes Haar vorspiegelte, befanden sich in der Plastiktüte. Und seine Windjacke – ein »reversible« – war nun nicht mehr grau, sondern weinrot.
Manfred ließ sich von der Rolltreppe zur Bahnhofstrasse hinauftragen. Er ging am Reisebüro Kuoni, am Hotel Schweizerhof und an dem Herrenbekleidungsgeschäft »Mister X« vorbei und überquerte die Löwenstrasse, um zur Haltestelle der Trolleybuslinie 31 zu gelangen.
Dort stand er und wartete, während vor dem kleinen Hotel, in dem er vor knapp einer Stunde gefrühstückt hatte, ein Streifenwagen vorfuhr. Ein älterer Polizist stieg aus und marschierte zur Rezeption.
In den Händen hielt er Fotokopien der Phantomzeichnungen von Alaska und Manfred, aber jenes Manfred, wie Weber ihn kannte: Stirnglatze, dunkles, schütteres Haar, das auf dem schmalen Kopf streng nach hinten gekämmt war, und ein kantiges Gesicht mit buschigen Augenbrauen.
Der Portier schüttelte den Kopf. »Nie gesehen«, sagte er wahrheitsgemäß. »Und die Frau hier«, grinste er, »die hätte ich bestimmt nicht vergessen. Ist mir leider noch nie untergekommen.«
»Danke«, sagte der Polizist. »So genau wollte ich es gar nicht wissen.«
Der Portier runzelte die Stirn.

»Ich habe Sie nur gefragt, ob Sie die Frau kennen«, erklärte der Polizist. »Ob sie Ihnen ›untergekommen‹ ist, interessiert mich nicht.«
Das Gesicht des Portiers war ein einziges Rätsel. Er hatte die Redewendung gebraucht, ohne ihre Doppeldeutigkeit zu ahnen. In der Stadt waren viele Polizisten mit den Phantomzeichnungen unterwegs. Nirgendwo gab es eine brauchbare Aussage. Auch der Polizist hier hatte schon mehrere erfolglose Befragungen hinter sich. Er war nicht enttäuscht.

Manfred näherte sich von der Langstrasse und der Dienerstrasse der Nietengasse. Es war ihm in Fleisch und Blut übergegangen, sich umzuschauen, ob ihm jemand folgte. Er tat es auch jetzt, obwohl er überzeugt war, daß niemand hinter ihm her war.
Er ging durch die Nietengasse und an Webers Haus vorbei, hielt sich in der Brauerstrasse links, kam wieder in die Langstrasse und anschließend nochmals in die Dienerstrasse. Er schlenderte am Schulhaus entlang, schien sich aber plötzlich eines anderen zu besinnen und drehte sich abrupt um. Niemand befand sich hinter ihm, der ebenso plötzlich die Richtung oder die Straßenseite wechselte. Beruhigt setzte Manfred seinen Weg fort. Er hätte Dorian Weber anrufen und ihn irgendwohin bestellen können. Doch ganz bewußt suchte er ihn persönlich auf. Die Aktion war in ein entscheidendes Stadium getreten.
Im düsteren Treppenhaus des alten Gebäudes ging Manfred geräuschlos hinauf. An der Wohnungstür klingelte er zweimal kurz wie ein eiliger Briefträger. Es war sieben Minuten vor neun an diesem Vormittag.
Das Klingeln bewirkte nichts. Es herrschte Stille. Manfreds Lippen wurden schmal. Es könnte ein anderer Hausbewohner die Treppe hinunterkommen. Jeder, der ihn in diesem Haus sah, war einer zuviel. Jemand, der vor einer geschlossenen Wohnungstür stand, fiel immer auf.

Spionage in der Schweiz war nicht gefährlicher als anderswo, aber umständlicher. Jeder, der dort zweimal um einen Häuserblock herumgeht oder stehenbleibt und sich umschaut, muß damit rechnen, daß ein Fenster aufgerissen wird und jemand herunterschreit: »Suchen Sie etwas?«
Ordentliche Bürger hatten keine Zeit, in den Straßen herumzustehen. Sie arbeiteten. Nichtstuer erregten Mißtrauen, und Ausländer sowieso.
Manfred war erleichtert, als er endlich ein Geräusch in der Wohnung hörte.

Lange im Bett liegenzubleiben war Dorian Weber in der nun schon Monate dauernden Zeit der Arbeitslosigkeit zur Gewohnheit geworden. Was hätte er anderes tun sollen? Selbst Manfreds Aufgaben füllten ihn nicht aus.
Er schloß die Wohnungstür auf und war nicht überrascht, Manfred zu sehen. Ihn oder Vonderau erwartete er jederzeit. Beide nahmen sich das Recht, zu kommen und zu gehen, wann es ihnen paßte. Und nur vage kam ihm der Gedanke, was wohl geschehen würde, wenn beide einmal zur gleichen Zeit bei ihm einträfen.
»Sind Sie allein?« fragte Manfred.
Mit einem unterdrückten Gähnen nickte Weber. »Dracula ist schon gegangen«, murmelte er. »Er scheut das Licht.«
Manfred schob sich zielstrebig ins Wohnzimmer. »Versuchen Sie nicht, witzig zu sein«, sagte er im Vorbeigehen. »Sie können es sich nicht leisten, und Sie haben keinerlei Grund dazu.«
Er ließ sich auf einem Stuhl nieder. Weber setzte sich ihm gegenüber.
»Ich habe Ihnen einen Vorschlag zu machen«, sagte Manfred.
»Das ist mal etwas Neues«, meinte Weber. »Vorher waren es immer Befehle.«
Manfred ging mit einer Sekunde des Schweigens über diese

Bemerkung hinweg. »Die Werkstatt an der Quellenstrasse ist eingerichtet«, sagte er dann. »Sie können dort offiziell drei Tage pro Woche arbeiten. Damit meine ich nicht, daß Sie jeweils drei Tage lang eine geregelte Arbeitszeit einzuhalten haben. Sie werden je nach Bedarf eingesetzt. Nur nach außen hin haben Sie eine Dreitagewoche. Manchmal arbeiten Sie tagsüber, manchmal in der Nacht. Wie gesagt, je nach Bedarf. Sie bekommen ein Monatsgehalt, Sie sind fest angestellt und dem Staat eine Last weniger.«

Weber stutzte. Der Ton in Manfreds Stimme machte ihn hellhörig. Da mußte doch noch etwas kommen! Er täuschte sich nicht.

»Sie werden sich dieser Stelle mit Haut und Haaren verpflichten. Sie geloben absolute Treue und Verschwiegenheit. Immer und in jedem Fall kommen Ihr Einsatz für diese Arbeit und Ihre Verschwiegenheit an erster Stelle. Als Gegenleistung werden Sie ein Leben führen, wie Sie es sich in Ihren kühnsten Träumen nicht vorstellen konnten. Sie können natürlich jederzeit aussteigen – dann werden Sie mich nie mehr sehen, aber Sie werden dann auch wieder eine Null sein, wie bisher. Sie müssen sich jetzt entscheiden. Eine Bedenkzeit ist nicht drin.«

Weber räusperte sich. »Was habe ich zu tun?«

»Das sage ich Ihnen, wenn Sie sich entschieden haben.«

»Auch nicht gerade fair.«

»Fairneß existiert in diesem Metier so gut wie nicht, Herr Weber. Ich kann Ihnen nur sagen, daß das Risiko größer wird. Dafür werden Sie keine Geldsorgen mehr haben. Das ist der Ausgleich.«

»Was verdiene ich denn?«

Manfred nannte ihm einen so hohen Betrag, daß Weber sich an seinem eigenen Speichel verschluckte. Er stand auf und suchte nach einer Zigarette.

Eines war ihm klar: Niemand verschenkt solche Beträge. Durch

Manfred würde er die Gelegenheit bekommen, sich immer mehr der Sonnenseite zu nähern, jener Seite, die zu erreichen er nie geglaubt hatte.

»Okay, Manfred«, sagte er leise. In der gleichen Sekunde wurde ihm bewußt, daß er den Mann zum erstenmal mit seinem Namen angesprochen hatte. »Okay, Sie können über mich verfügen.«

Die Verpflichtung einerseits war die Absage andererseits. Er hatte sich für Manfred und gegen Vonderau entschieden, für die Illegalität und gegen das Gesetz. Aber strafbar wurde man ja erst, wenn man sich erwischen ließ. Ihn würden sie nicht erwischen.

Vonderau hätte ihn nie aus dem Dreck herausholen können. Das konnte nur Manfred. Warum eigentlich? Warum hat die Legalität nie die gleichen Chancen wie die Illegalität? dachte Weber bitter.

»Okay«, meinte nun auch Manfred. »Ich mache Sie nochmals mit aller Deutlichkeit darauf aufmerksam, daß Sie ab jetzt nur noch für mich da sind. Das ist der Preis. Auf die Gefahr hin, daß ich mich wiederhole: Sie gehören nun von Kopf bis Fuß diesem Unternehmen, Herr Weber. Ein falscher Schritt, ein falsches Wort, und Sie sind ein toter Mann.« Manfred erwähnte das, als mache er eine kurze Bemerkung über das Wetter. »Das nur, damit Sie sich über die Konsequenzen im klaren sind. Aber so weit wird es ja gar nicht kommen. Tun Sie, was ich Ihnen sage, und es wird Ihnen nichts passieren. Auch das möchte ich betonen.«

Aus der Brusttasche seiner Jacke holte er ein Bündel Banknoten hervor. »Hier sind zweitausend Franken. Alles kleine Scheine und gebraucht. Dieses Geld hat nichts mit dem Gehalt zu tun. Fassen Sie es als Teuerungszulage oder als Gratifikation auf.« Er stand auf, legte Weber die Hand auf die Schulter, brachte sogar ein kleines Lächeln zustande, und seine Augen hatten

längst nicht mehr den verschlagenen Ausdruck eines Zuhälters, der auf ein Geschäft lauert.
»Auf Wiedersehen. Ich melde mich, wenn die Zeit gekommen ist«, sagte er und ging.

Seit zwei Wochen arbeitete Weber nun in dem namenlosen Unternehmen, für das keine Firmentafel an der Hauswand angebracht war.
Seine Arbeit bestand darin, die Werkstatt sauberzuhalten und den Empfang von Pappschachteln und Holzkisten zu bestätigen. Mehr als einmal staunte er, daß es möglich war, sein Geld auf so einfache Weise zu verdienen.
Manfred kam jeden Tag in der Werkstatt vorbei, auch der hagere Mann mit den Knopfaugen. Am ersten Tag war er auf Weber zugegangen, hatte ihm die Hand hingestreckt und gesagt: »Ich heiße Silvio. Du wirst es nicht bereuen, hier mitzumachen.« Das war so etwas wie eine Freundschaftserklärung gewesen.
Während die beiden sich stundenlang im Büro aufhielten, saß Weber in der Werkstatt, rauchte, trank Kaffee und hielt Ausschau, ob jemand auftauchte, der nicht auftauchen sollte. Aber das kam nie vor.
Nach nur elf Fahrstunden hatte er den Führerschein gemacht. Der Prüfer hatte nur genickt, als sie von der Fahrt quer durch die Stadt wieder beim Straßenverkehrsamt angelangt waren.
»Ich gratuliere«, hatte er gesagt. »Wenn alle so fahren würden wie Sie, könnte man die Unfallstationen glatt vergessen.«
Eines Morgens gab es eine Überraschung für Weber. Als er zur Arbeit erschien, stand vor der Werkstatt ein blaßgrüner VW Golf GLS »Leader«. Silvio kam aus dem Haus, ein breites Grinsen auf dem Gesicht, was bei ihm selten genug vorkam. Schon das war eigentlich eine Überraschung.
»Er gehört dir«, sagte er. »Ist zwar nur ein Gebrauchtwagen, aber er läuft und läuft. Du wirst staunen.«

Von nun an sagte Manfred manchmal, wenn Weber nichts zu tun hatte: »Setzen Sie sich ins Auto und fahren Sie irgendwohin. Sie brauchen noch Fahrpraxis.«
Weber kurvte in der Stadt und im Umland herum. Er setzte sich in ein Restaurant am See, oder er fuhr in die Höhe, um die herrliche Aussicht zu genießen. Nie kam ihm in den Sinn, daß Manfred ihn absichtlich von der Werkstatt fernhalten könnte. Weber hatte ein Auto und fühlte sich wie ein kleiner König. Versicherung und Steuer wurden bezahlt, nur für das Benzin mußte er selbst aufkommen. Doch das war kein Problem.
Und nie hatte er den Verdacht, daß ihn jemand beobachten könnte. Einmal, als er von einer Fahrt bis an den oberen Zürichsee zurückfuhr, fiel ihm zwar ein weißer Renault auf, der sich ständig hinter ihm hielt. Als er von der Zollstrasse in die Röntgenstrasse einbog, um zur Werkstatt in der Quellenstrasse zu gelangen, war der kleine weiße Wagen verschwunden.
Ein Zufall. Der Renault hatte bestimmt bis kurz vor der Quellenstrasse den gleichen Weg gehabt. Das kam vor. Als Weber vor der Werkstatt hielt und ausstieg, hatte er den Vorfall schon vergessen. Er hätte es besser nicht getan.

»Wir sind am Ende. Die Sache ist geplatzt wie ein Luftballon. Ich habe nichts mehr in Händen.«
Vonderau saß seinem Chef in dessen Büro in der Zentrale der Bundespolizei an der Taubenstrasse in Bern gegenüber. Er erstattete Otto Weiss Bericht, und er machte kein Hehl aus seiner Enttäuschung und aus seinem Ärger. Enttäuscht und verärgert war er darüber, daß sie mit großer Wahrscheinlichkeit übers Ohr gehauen worden waren und die Situation falsch beurteilt hatten: »Keine Spur von Alaska und keine Spur von diesem Manfred!«
Otto Weiss stopfte sich umständlich seine Pfeife. Er setzte sie mit einem speziellen Feuerzeug in Brand, paffte ein paar Rauch-

wolken in die Luft und sagte in die blauen Schwaden hinein: »Du hast doch noch diesen Weber.«

»Ach was«, maulte Vonderau. »Er wurde benutzt, als er gebraucht wurde, und er wurde links liegengelassen, als er nicht mehr interessant war. Mir kommt es vor, als hätten sich die Brüder husch, husch in ein legales Unternehmen gesetzt, von dem aus sie ihre ganz und gar nicht legale Tätigkeit ausüben. Aber wer will da etwas beweisen?«

»Weber ist der einzige, den du noch hast. Aber den *hast* du«, beharrte Weiss.

»Was meinst du damit?«

»Er ist gewissermaßen der Mann der ersten Stunde. Er war von Anfang an dabei, und er ist nicht verschwunden. Es ist durchaus möglich, daß eine Aktion blitzartig durchgezogen wurde, nun zu Ende ist und wir das Nachsehen haben. Anderseits besteht aber die Möglichkeit, daß Weber noch immer ein Teil dieses Unternehmens ist. Und wenn dem so ist, dann wird er irgendwann einen Hinweis liefern, vielleicht unabsichtlich.«

»Das heißt«, meinte Vonderau nachdenklich, »daß ich ihn überwachen muß. Rund um die Uhr.«

»Genau.«

»Und wie stellst du dir das vor?«

Weiss sagte es ihm.

So kam es, daß einmal ein weißer Renault hinter Weber herfuhr.

Aber die Überwachung brachte nichts. Weber lebte ein normales Leben, traf sich nicht mit zweifelhaften Gestalten und trieb sich nicht in dunklen Ecken herum. Vonderau merkte bald, daß er so auch nicht weiterkam. Jetzt gibt es nur noch eines, das ich tun kann, dachte er.

Eine Polizeiassistentin meldete Vonderau, daß Weber zu Hause sei. Sie wartete, bis ihr Kollege komme. Wenn er erschien, war

ihr Dienst zu Ende. Vonderau parkte seinen Wagen auf dem Trottoir.
Aus einem grünen VW winkte ihm eine Frauenhand zu, und das Auto fuhr weg.
Er klingelte an Webers Wohnungstür. Nur ein paar Sekunden später riß der junge Mann die Tür auf. Sein Gesichtsausdruck war nicht zu deuten. Hatte er jemand anderen erwartet?
»Ach, Sie sind es«, sagte er. »Ich habe Sie schon lange nicht mehr gesehen. Kommen Sie herein.«
Vonderau setzte sich und betrachtete den Jungen. Er hatte sich verändert. Oder kam es ihm nur so vor? Von Ängstlichkeit keine Spur mehr. Eine Selbstsicherheit ging von ihm aus, die ihn irritierte. Vonderau hielt sich nicht lange bei Nebensächlichkeiten auf.
»Herr Weber, ich falle gleich mit der Tür ins Haus. Wie steht's mit Manfred. Wissen Sie inzwischen mehr über ihn?«
Weber zeichnete mit dem Zeigefinger unsichtbare Muster auf den alten Tisch. »Was wissen denn Sie von ihm?« fragte er.
»Nichts«, antwortete der Inspektor. »Ich möchte Sie aber daran erinnern, daß Sie vor nicht allzu langer Zeit zu mir gelaufen kamen und vor Angst beinahe in die Hosen gemacht haben. Mir scheint, es hat sich da einiges geändert. Ich erinnere Sie aber auch daran, daß ich Sie verpflichten kann, Aussagen zu machen. Es liegt mir fern, Sie zu etwas zu zwingen, aber wenn es nicht anders geht, werde ich es tun. Und wenn Manfred noch hier ist, kann ich ein so dichtes Netz aufziehen, daß er sich unweigerlich darin verfängt. Ist er noch hier?« schoß er die Frage wie aus einer Pistole auf Weber ab.
Der junge Mann brauchte einige Sekunden, um zu überlegen. Er zweifelte nicht daran, daß der Inspektor Manfreds Vorhandensein feststellen konnte. Seine Anwesenheit zu leugnen gäbe Vonderau Gelegenheit, Weber bei einer falschen Aussage zu ertappen. Das mußte er verhindern. Gleichzeitig durfte er Man-

fred nicht völlig preisgeben. Noch war nicht sicher, wer der wirklich Stärkere war. Er mußte einen unverfänglichen Mittelweg wählen.

Bis jetzt hatte er sich vorgenommen, stets die Wahrheit zu sagen, wenn er mit einer Lüge nicht weiterkam. Aber man konnte die Wahrheit ja auch ein bißchen abschwächen.

»Er ist noch hier«, antwortete Weber. »Allerdings sehe ich ihn nicht mehr oft. Wie Sie sicher wissen, arbeite ich jetzt in einer Firma an der Quellenstrasse.«

»Was für eine Arbeit ist das denn?«

Weber erzählte ihm, was er tun mußte, wie wenig es eigentlich war. Und er sagte ihm auch, daß die Firma es ihm ermöglicht hatte, den Führerschein zu machen, weil es für seine Tätigkeit notwendig sei.

»Und was wird dort hergestellt?«

»Das weiß ich nicht«, antwortete Weber, erleichtert, keine Ausrede erfinden zu müssen.

»Aber irgend etwas geht da doch vor. Ich glaube nicht, daß die Leute dort nur den Sommer verbringen wollen«, sagte Vonderau ungehalten.

»Ich weiß es wirklich nicht«, beteuerte Weber.

Vonderaus Augen hatten einen Ausdruck, als ob er nach jemandem suchte, mit dem er Streit anfangen könnte, und als sei Weber dafür bestens geeignet. Aber er bemühte sich, seine Stimme unbeteiligt klingen zu lassen. »Na gut«, sagte er, stand auf und vergrub die Hände in den Taschen seiner braunen Lederjacke. »Wenn etwas gewesen ist, dann haben wir es also verpaßt. Das ist zwar ärgerlich, aber damit muß ich fertig werden.«

Weber hob überrascht den Kopf. »Heißt das, Sie geben auf?«

Vonderau zuckte die Schultern. »Aufgeben ist nicht das richtige Wort. Es ist vielmehr so, daß ich für ein aussichtsloses Unterfangen wie dieses keine Zeit mehr verschwenden möchte.«

Er streckte Weber die Hand hin. »Machen Sie's gut. Und vielen Dank, daß Sie uns informiert haben. Es hätte ja sein können, daß wir durch Sie auf eine heiße Spur stoßen. Nun ist der ganze Zauber auch für Sie vorbei.«
An der Wohnungstür drehte er sich noch einmal um. »Ich habe nur noch eine Bitte: Manfred hält sich immer noch in Zürich auf, wie Sie sagen. Rufen Sie mich mal kurz an, wenn er in der Werkstatt ist?«
»Klar«, nickte Weber bereitwillig, »mach' ich.«
Vonderau verließ die Wohnung. Zurück blieb ein junger Mann, der nicht recht wußte, was er von diesem Gespräch halten sollte. Sicher war nur, daß er sich jetzt voll und ganz auf Manfred konzentrieren konnte.

Vonderau hatte nicht vor, aufzugeben. Noch war er nicht restlos überzeugt. Er brauchte einen hieb- und stichfesten Beweis entweder dafür, daß alles vorbei war, oder dafür, daß sich etwas im verborgenen tat. Er hatte Weber absichtlich eine falsche Situation als Tatsache hingestellt. Wer sich in Sicherheit wiegt, wird sorglos und verrät sich irgendwann. Er hoffte, daß es bei Weber nicht anders sein würde. Er hatte nur so getan, als hätte er vor, von der Bildfläche zu verschwinden. In Wirklichkeit plante er, aktiver zu werden als je zuvor. Das hätte er längst tun sollen. Wahrscheinlich war er zu gutgläubig und zu vertrauensselig gewesen.
Vier Stunden später klingelte bei ihm zu Hause an der Huttenstrasse das Telefon.
»Manfred ist in der Werkstatt«, sagte Weber. »Sie wollten doch, daß ich Ihnen das melde. Ich übe mich gerade wieder einmal in Fahrpraxis«, lachte er. »Ich bin in einer Post irgendwo außerhalb der Stadt und habe die Gelegenheit genützt.«
»Sehr gut, ich danke Ihnen.«
»Ja, das wär's dann wohl.«

»Ganz recht, das wär's dann. Und noch einmal, machen Sie's gut.«
Vonderau legte auf, um sofort wieder abzuheben und die Nummer seiner Freundin, der Kriminalassistentin Vera Schneider, zu wählen.
»Es ist soweit«, sagte er.
»Endlich«, seufzte Vera. »Ich dachte bereits, es sei wieder einmal nichts. Ich bin hier herumgehockt und habe gewartet, weil ich ja speziell für diese Aufgabe vorgesehen war.«
»Liebes«, sagte Vonderau, »fahr jetzt bitte hin. Wenn er erscheint, hängst du dich an seine Fersen. Und denke daran, du bist im Vorteil. Er rechnet nicht mit einer Überwachung, und schon gar nicht durch eine Frau.«
»Ist gut, Domi. Ich freue mich schon jetzt, wieder zu Hause zu sein.«
»Du hast Telefon im Wagen. Bei der kleinsten Gefahr rufst du mich an. Klar?«
»Klar, Liebling. Tschau.«

In der Werkstatt sagte Manfred zu Silvio: »Es ist soweit. In der Theorie hat es geklappt, nun müssen wir es auch in der Praxis beweisen.«
»Das heißt, Weber wird nun erst richtig eingesetzt, nicht wahr?«
»Genau. Sie halten sich erst mal aus der Sache raus. Es ist wichtig, daß der Junge es in erster Linie mit mir zu tun bekommt.«
»Sie sind der Chef«, meinte Silvio.
»Und ich werde es auch bleiben. Für alles weitere bin ich zuständig. In einer halben Stunde können Sie gehen. Es ist jetzt nicht mehr nötig, daß Sie die ganze Nacht hier verbringen.«
Fast auf die Minute genau eine halbe Stunde später schloß Silvio die Tür der Werkstatt ab. Er spürte erst jetzt, wie sehr er

eine Pause brauchte. Und das erste, was er zu tun beabsichtigte, war, irgendwo eine Frau aufzugabeln.

Um diese Zeit hatte sich Vera Schneider längst an Manfreds Fersen geheftet. Der Mann ging zu Fuß, also ließ sie ihren Wagen stehen. Er ging bis zur Straßenbahnhaltestelle Quellenstrasse, wartete dort geduldig, bis ein Tram erschien, stieg ein und verließ den Wagen erst wieder am Hauptbahnhof.

Vera Schneider hatte keine Mühe gehabt, den Mann nach der Zeichnung zu erkennen. Sie stieg mit ihm aus und lief hinter ihm die Treppe hinab. Ein Problem tauchte erst auf, als Manfred die öffentliche Herrentoilette aufsuchte.

Zunächst beunruhigte Vera das nicht. Sie schritt vor dem Schaufenster eines Reformhauses auf und ab, von wo aus sie den Eingang der Toilette im Auge behalten konnte. Wer dort hineingegangen war, mußte logischerweise irgendwann auch wieder herauskommen. Unlogisch war nur, daß Manfred auch nach zwanzig Minuten noch nicht erschienen war.

Nach weiteren zehn Minuten mußte sie sich zerknirscht eingestehen, daß sie entweder überlistet worden war oder ihn beim Herauskommen übersehen hatte.

Daß sie überlistet worden war, mochte sie nicht glauben. Manfred konnte nichts von seiner Überwachung geahnt haben. Also hatte sie ihn schlicht und einfach »verloren«, wie man das in Polizeikreisen nannte. Aber man mochte es drehen und wenden, wie man wollte, es war ihre Schuld.

Sie ahnte nicht, daß Manfred, wenn er stets im richtigen Moment die Verkleidung wechselte, das simple Verwirrspiel noch lange weitertreiben konnte.

Vera stieg enttäuscht die Treppe hinauf, fuhr mit der Straßenbahn zu ihrem Wagen zurück und von dort nach Hause.

Gewaltige, tiefschwarze Wolken türmten sich über der Stadt. Es war heiß und stickig. Kurze, aber heftige Windstöße trieben

Staubwirbel durch die Luft. Mit flach angelegten Ohren und zuckender Schwanzspitze strich eine Katze an der Längsseite der Werkstatt in der Quellenstrasse entlang.
Es ist zu heiß für diese Jahreszeit, dachte Vonderau. Wie soll denn erst der Sommer werden? Er fühlte sich müde; die ungewohnte Hitze erdrückte ihn beinahe.
Was er nun tun würde, widerstrebte ihm. Aber das hier war sein privates Unternehmen, und wenn es fehlschlug, dann erfuhr es wenigstens keiner. Hatte er aber Erfolg, so würde niemand danach fragen, wie er zustande gekommen war.
Die Schläge einer Kirchturmuhr drangen durch die schwere Dunkelheit. Zehn Uhr. Vonderau stieg aus und huschte lautlos wie ein Schatten über die Straße zur Werkstatt.
Ein paar Minuten lang lauschte er. Nichts als Stille und manchmal eine leise aufheulende Bö. Sachte drückte er die Klinke an der grüngestrichenen Tür mit den schweren Eisenbeschlägen hinunter. Sie war verschlossen. Er hatte nichts anderes erwartet. Aus seiner Hosentasche zog er einen Bund Nachschlüssel. Schon der vierte ließ sich einschieben und drehen. Diese alten, schweren Türen täuschten oft. Sie hatten meist einfache Schlösser, die sich leicht öffnen ließen.
Vonderau drückte die Tür von innen zu und wartete, bis sich seine Augen an die Dunkelheit gewöhnt hatten. Sofort nahm er den Geruch von Öl und Metallspänen wahr, der jahrelang in diesem Raum geherrscht hatte. So leicht ließ er sich aus diesem alten Gemäuer nicht vertreiben.
In dem langgestreckten Raum befanden sich keinerlei Maschinen. Das erstaunte ihn zuerst. Und es verunsicherte ihn. Was zum Teufel wird hier bloß gebastelt? dachte er.
Er sah fünf große Holzkisten, die keine Aufschrift trugen. Daneben standen Kartons, alle fein säuberlich verschnürt. Auf einem Tisch lagen einige Pappröhren. Das Ganze sah aus wie ein Lagerraum. Also doch wieder auf einer falschen Fährte?

Diese Übung kann ich abbrechen, dachte Vonderau. Ich weiß nicht, ob ich etwas verpaßt habe oder ob ich übertölpelt worden bin. Ich weiß nur, daß ich hier nichts finde. Entweder ist es so geschickt gemacht, daß ich nichts merke, oder das Ganze ist völlig harmlos. Wie auch immer, ich habe nichts in der Hand. Also nichts wie los und weg von hier, bevor jemand darauf kommt, daß ich mir hier ohne Bewilligung Zugang verschafft habe. Böse Anwälte konnten das als Einbruch auslegen.
In einem Eck der Werkstatt stieß er auf Gasflaschen, wie sie in Schweißwerken üblich waren. Rollen elektrischen Drahts lagen herum, aber auch Kühlrippen für Transistoren und Kupferrohre. Daneben waren auf einem schmalen Holzgestell Quarzglasrohre gestapelt, zum Teil in Papier verpackt.
Das alles war weder etwas Illegales noch gar etwas Verbrecherisches, und dem Inspektor kam es vor, als höre er aus allen Ecken ein spöttisches Kichern.
Gewohnheitsmäßig wickelte er eine der Glasröhren aus dem Papier. »Siemens Laser« stand darauf. Von einer Sekunde auf die andere kam er sich nicht mehr als der Dumme vor.

»Laser?« fragte Vera, als er ihr spät in der Nacht alles erzählte. Er hatte sich mit keinem Wort dazu geäußert, daß sie Manfred aus den Augen verloren hatte. »Laser? Was soll denn das?«
Vonderau zuckte die Schultern. Er hatte es sich in einem Sessel bequem gemacht. Seine Füße lagen auf einem kleinen Tisch, auf den Lippen hatte er ein kleines, kaum sichtbares Lächeln.
»Ich weiß nur sehr wenig darüber«, meinte Vera. »Laser ist doch so eine Art Wunderstrahl, stimmt's? Was man damit in der Medizin machen kann, grenzt ja wirklich ans Sagenhafte. Mit Laser kann eine sich ablösende Netzhaut im Auge wieder angeschweißt werden, und man kann damit einen Tumor im Körper nicht nur millimetergenau lokalisieren, sondern auch vernichten, ohne ein hundertstel Millimeter des gesunden Ge-

webes zu beeinträchtigen. Das ist doch phantastisch, oder nicht?«

»Sicher.«

Vera stand auf, stellte sich hinter den Sessel und strich ihm übers Haar.

»Domi, wenn die Leute dort in der Werkstatt an der Quellenstrasse medizinische Forschungsarbeit betreiben, sollte man ihnen nicht das Leben schwermachen, sondern sie sogar noch unterstützen!«

»Du sagst es, mein Liebes«, lächelte Vonderau. »Aber dabei gibt ein einziges Wort den Ausschlag und stellt alles in Frage: wenn.«

»An was denkst du?«

»Weißt du, alle großen Erfindungen haben zwei Seiten, eine gute und eine schlechte. Es ist durchaus möglich, daß jede Erfindung in der Absicht entwickelt wurde, einer guten Sache zu dienen und der Menschheit zum Segen zu gereichen. Aber ebenso wurde bisher jede bahnbrechende Erfindung von Menschen ausgenutzt und weiterentwickelt, deren Absichten alles anders als menschenfreundlich waren.«

Sie schwieg. Sie hatte aufgehört, sein Haar zu streicheln. Ihre Hand lag bewegungslos auf seiner Schulter.

»Schau«, sprach Vonderau weiter, »die Forscher von Polaroid hatten eine Sofortbildkamera entwickelt, die mit Ultraschall eine Scharfeinstellung des zu fotografierenden Gegenstandes garantiert, wie sie das menschliche Auge gar nicht zustande bringt.«

Vera wartete. »Und?« fragte sie schließlich.

»Findige Köpfe kamen sofort darauf, was für Möglichkeiten in dieser Erfindung lagen, wenn man sie militärisch auswertete.«

»Gut, du hast wahrscheinlich recht. Aber was hat das alles mit Laser zu tun?«

»Laser kann auch als Waffe benützt werden. Und da beginnt die Sache interessant zu werden.«

»Laser?« fragte auch Otto Weiss, der sich eben eine Pfeife gestopft hatte, als Vonderau anrief, und der nun auf dem kalten Pfeifenstiel herumbiß, nachdem er dieses eine, schwerwiegende Wort gehört hatte. »Bist du sicher?«
»Ich bin nicht sicher, Chef. Ich weiß nur, daß ich die Bezeichnung ›Siemens-Laser‹ auf einem der Glasrohre gelesen habe.«
»Sei mir nicht böse, Dominik, aber das heißt gar nichts. Wenn die Leute dort mit Laser experimentieren, ist das kein Verbrechen und verstößt gegen kein Gesetz, vor allem nicht gegen das Kriegsmaterialgesetz.«
»Ich weiß, Otto, Und ich weiß auch, daß wir ...«
»... keinen einzigen Grund haben, den Leuten auf die Finger zu schauen«, fiel ihm Weiss ins Wort, was sonst nicht seine Art war. »Geh mal in eine Diskothek, Dominik. Du weißt, wie es dort aussieht. Die Tänzer zucken und verrenken ihre Glieder, und die Musik verursacht dir nach einer halben Stunde einen mittleren Gehörschaden. Das ist das eine. Daneben aber wird ein einziges Lichtgewitter auf dich losgelassen, und das wird mit Laser gemacht. Bei jedem Popkonzert genügt die Musik allein nicht mehr, da muß auch noch eine Lichtshow hingezaubert werden. Das alles ist Laser und Elektronik.«
»Das mag ja alles stimmen«, sagte Vonderau ungeduldig. »Aber schau doch mal, noch vor wenigen Jahren erschrak man, wenn das Wort ›Computer‹ oder ›Mikroprozessor‹ fiel. Mittlerweile hat sich jeder daran gewöhnt. Heute erschrickt man, wenn das Wort ›Laser‹ fällt, weil niemand sich etwas Genaues darunter vorstellen kann. Nur ein paar Spezialisten verstehen etwas davon. Und die haben uns in der Hand.«
»Ich weiß nicht«, murmelte Weiss durch die den Pfeifenstiel festhaltenden Zähne, »ob man das so nennen kann.«

Vonderau ließ ein paar Sekunden verstreichen. Dann sagte er: »Du hast vorhin die Lichtshows erwähnt. Sag mal, woher weißt du das eigentlich?«
»Irgendwo mal gelesen ...« Er hörte mitten im Satz auf, dann fragte er langsam, als fürchte er sich vor der Antwort: »Und woher weißt du eigentlich, daß in der Werkstatt mit Laser experimentiert wird?«
Vonderau rückte mit der Wahrheit heraus. »Ich bin mit einem Nachschlüssel eingestiegen. Ich habe nichts verändert und keine Spuren hinterlassen. Außer dir weiß niemand etwas davon. Herrgott, Otto, du mußt bedenken, daß ich am Nullpunkt stand. Wenn ich nichts gefunden hätte, wüßtest jetzt nicht einmal du etwas von der Sache. Sicher, es ist gegen das Gesetz, und ich kann mir denken, wie sehr du dieses unbefugte Eindringen ablehnst. Aber jetzt wissen wir, was dort gemacht wird.«
»Ist ja gut«, knurrte Weiss. »Du hast das entscheidende Tor geschossen. Es kam zwar auf nicht ganz reguläre Weise zustande, aber der Schiedsrichter hat nichts gesehen, und das Tor zählt.«
»Ich wollte ja auch nur Punkte sammeln«, ging Vonderau auf den Ton seines Chefs ein, konnte aber die Erleichterung in seiner Stimme nicht ganz verbergen.
»Nun, dann nichts wie los«, brummte Weiss. »Informiere dich, auf welchen Gebieten man Laser benützen kann!«

»Laser«, sagte der Professor und strich sich über das kurze, mit grauen Strähnen durchzogene Haar. »Wissen Sie, über Laser könnte man ganze Bücher schreiben.«
»Nun, das habe ich nicht vor«, lächelte Vonderau geduldig. »Ich möchte mich nur informieren, was Laser eigentlich ist.«
Der Inspektor war nach längerem Nachdenken zur Eidgenössischen Technischen Hochschule in der Rämistrasse gefahren. Jetzt saß er Professor Edgar Henggeler in einem kleinen, nüchtern eingerichteten Raum gegenüber.

»Sie bringen mich da in eine schwierige Lage«, meinte Henggeler. »Wenn ich in einer Stunde erklären könnte, was Laser ist, bräuchte ich keine Vorlesungen zu halten.«
Vonderau hob mit einer um Verständnis bittenden Gebärde die Hände. »Versuchen Sie's. Ich will ja kein Diplom machen. Ich möchte nur Informationen, ein Basiswissen. Mich interessiert, was man mit Laser alles anstellen kann.«
»Die Frage ist einfach, Herr Vonderau, aber die Antwort ist es nicht. Die Leute stellen sich das immer so simpel vor«, entgegnete Henggeler mit der gequälten Würde des Wissenschaftlers, der schließlich Jahre darauf verwendet hatte, etwas geistig zu durchdringen, wovon die meisten Leute keine Ahnung hatten. »Laser ist die Abkürzung von *L*ight *a*mplification by *s*timulated *e*mission of *r*adiation«, sagte Professor Henggeler, stand auf und trat vor die Wandtafel. Jetzt sah es ganz so aus, als wollte er eine Vorlesung halten.
»Laser ist eigentlich nichts Neues. Bereits 1917 hatte Albert Einstein die Theorie des Lasers beschrieben. Laser erzeugen monochromatische, sehr intensive und scharf gebündelte Lichtstrahlen. Grundlage dafür ist die erzwungene Aussendung von elektromagnetischer Strahlung. Als Lasermedien sind Atome, Ionen, Moleküle und Festkörper geeignet.
Lasermedien in angeregten Energiezuständen sind imstande, durch stimulierte Emission elektromagnetische Strahlung zu verstärken, wenn Energiezustände eine Besetzungsinversion aufweisen, das heißt, wenn ein angeregter Zustand stärker besetzt ist als ein tiefer gelegener Zustand. Man kann von einem Atom im Grundzustand ausgehen, charakterisiert durch die Energie E1, und mit möglichen angeregten Niveaus bzw. Zuständen erklärt sich eine Besetzungsinversion durch optisches Pumpen anhand eines 4-Energie-Niveau-Systems. Atome, das heißt...«
»Das heißt gar nichts, Herr Professor, seien Sie mir nicht böse«,

unterbrach Vonderau die Erläuterungen. »Ich habe keine Ahnung, wovon Sie reden. Sagen Sie es mir doch bitte so, daß ich es verstehe!«
Der Professor nickte ein paarmal stumm. »Ja, also, ich erwähnte, daß Einstein das Prinzip bereits kannte, aber erst 1960 gelang es einem gewissen Theodore H. Maiman, die Theorie zu beweisen. Damals nannte man dieses Licht Maser. Maiman konstruierte den ersten Rubin-Laser, wobei die... aber ich verfalle wiederum in die Fachterminologie, entschuldigen Sie. Nun, vielleicht ist es besser, wenn Sie mir sagen, was genau Sie wissen möchten.«
Vonderau lächelte nachsichtig. »Ich möchte wissen, was man mit Laser alles machen kann. Auf welchen Prinzipien er beruht, interessiert mich im Moment nicht. Der Strahl existiert, und mit dieser Tatsache habe ich mich auseinanderzusetzen.«
»Nun gut«, sagte der Professor.
»Der Laserstrahl ist doch auch eine Waffe«, bemerkte Vonderau. »Und darüber möchte ich mehr erfahren.«
»Ich habe gehofft, Sie würden diese Frage nicht stellen.«
»Wieso denn?«
»Weil Laser eine jener Erfindungen ist, die vor allem im militärischen Bereich weiterentwickelt worden sind, was der Menschheit ja nie zum Segen gereicht.«
Also habe ich richtig vermutet, dachte Vonderau.
»Der Laser findet heute im gesamten technischen Bereich, in Chemie, Physik und Medizin Anwendung«, sagte Henggeler. »Als Waffe stellt er wahrscheinlich alles in den Schatten, was es bisher gegeben hat. Er ist von besonderer Gefährlichkeit.«
»Erzählen Sie mir alles«, sagte Vonderau leise. »Es ist nicht das erste Mal, daß ich unangenehme Wahrheiten höre.«

Zu dieser Zeit stand Manfred ganz allein in der Werkstatt. Sein Blick tastete sich durch den ganzen Raum auf der Suche

nach etwas, das nicht stimmte. Er fand nichts. Es war alles in Ordnung.
Er schlenderte durch den Raum, nahm jeden Gegenstand in Augenschein und strich mit den Händen zärtlich über die Holzkisten. Wirklich alles bestens, konstatierte er. Er gestattete sich ein leises Lächeln. Aber das Tollste an der ganzen Sache war, daß er eine Lücke im Gesetz entdeckt hatte. Und dorthinein war er gesprungen.
In der Theorie hatte alles aufs Tüpfelchen geklappt. Jetzt kam es auf die Praxis an. Und jetzt würde Dorian Weber erst richtig zum Einsatz kommen.
In einer der Holzkisten, die Vonderau zwar gesehen, aber nicht geöffnet hatte, befanden sich Geräte, die wie Fotoapparate und Filmkameras aussahen. Aber eben nur so aussahen. Denn wenn man sie öffnete, waren sie hohl. Sie waren auch nicht zum Fotografieren oder Filmen vorgesehen. Sie enthielten spezielle Linsen, die man jeweils dann eingebaut hatte, wenn Weber weggeschickt worden war, um seine Fahrpraxis zu verbessern.
Manfred ging in den Büroraum. Aus einer Schublade nahm er zwei Stadtpläne, auf denen mit einem Kugelschreiber große Punkte angebracht worden waren. Er kontrollierte eine Liste, betrachtete lange einige Fotos und verschloß darauf alles wieder in der Schublade.
Einem Stahlschrank entnahm er eine Foto- und eine Filmkamera, ferner einen Gegenstand, der wie eine Pistole aussah. Diese Geräte hatten eines gemeinsam: Sie wurden für alles andere gebraucht, nur nicht für den Zweck, den sie durch ihre Form vorspiegelten.
Alles war bestens vorbereitet. Die Aktion, die einen absoluten Tiefpunkt, ja sogar das Ende erreicht zu haben schien, wurde jetzt beinahe explosionsartig zu einem Höhepunkt geschleudert.

5

Der Professor hob den Zeigefinger der linken Hand und sagte: »Eines müssen Sie gleich von Anfang an wissen: Sichtbare Laserstrahlen können Sie vergessen. Die sind völlig harmlos. Aber alle Strahlen, die sich im infraroten und ultravioletten Bereich bewegen, sind tödlich oder zumindest zerstörend. Nicht die Atombombe, sondern die Macht der unsichtbaren Strahlen wird es sein, vor der wir alle zittern müssen.

Der Laser hat die Entwicklung von Raketen ermöglicht, die ihr Ziel mit einer bisher nie gekannten Treffsicherheit finden. Das gleiche gilt für Panzer und Jagdflugzeuge. Und das Verrückte ist, daß Raketen, Panzer, Flugzeuge, überhaupt jeder Gegenstand auch mit Laser vernichtet werden kann.

Laser in Verbindung mit Teilchenstrahlen hat sich zu einer gigantischen Vernichtungswaffe entwickelt, die alle bisherigen Vorstellungen von Zerstörung über den Haufen wirft. Was Sie bis anhin auch gehört haben mögen, Herr Vonderau, vergessen Sie es. Es ist harmlos im Vergleich zu dem, was man heute schon in der Praxis machen könnte. Nehmen wir einmal die Panzer.«

Ja, dachte Vonderau, nehmen wir einmal die Panzer.

»Vor der Entwicklung des Lasers ist es unmöglich gewesen, Stahlplatten mit Hilfe eines Lichtstrahls zu durchschneiden. Für einen Infrarotlaser dagegen bedeutet das ungefähr die gleiche Anstrengung wie für einen erwachsenen Menschen, zwei und zwei zusammenzuzählen.

Mit einem Laserstrahl ist es durchaus möglich, einen fünfzig Tonnen schweren Stahlkoloß in Scheiben zu schneiden wie einen Laib Brot. Man könnte ihn aber auch zum ›Verdampfen‹ bringen. In Sekundenschnelle würde von diesem Ungetüm aus Stahl und Eisen nichts mehr übrigbleiben als ein Haufen heißer Asche.

Und niemand sieht oder hört etwas. Es gibt keinen Knall und keinen Blitz. Das ist wohl das Unheimliche und Erschreckende daran. Eine übermächtige Geisterhand scheint am Werk zu sein.

Ein Laser vermag ein Ziel von einem Meter Breite in tausend Kilometer Entfernung zu lokalisieren und zu zerstören. Das liegt außerhalb der Möglichkeiten jeder konventionellen Waffe. Bisherige ›gewöhnliche‹ Laser wurden weiterentwickelt zum sogenannten freien Elektronenlaser, dessen Wirkung die bekannten Laser um ein Vielfaches übertrifft.

Daneben gibt es aber auch noch die Teilchen-Strahlen, die wie Röntgenstrahlen in ein Objekt eindringen. Sie zerstören beispielsweise die Elektronik von Flugzeugen oder Raketen, die dadurch unsteuerbar werden. Ein Laserstrahl kann durch die Atmosphäre hindurch direkt auf ein Ziel gelenkt werden, während sich Strahlen aus geladenen Teilchen durch Magnetfelder ablenken lassen.

Der Laser kann ein Ziel nur bei Sichtdistanz vernichten, die Strahlenquelle muß also in gerader Linie zum anvisierten Gegenstand sein. Teilchenstrahlen hingegen lassen sich krümmen, und der Bogen kann anhand des Erdmagnetfeldes berechnet werden.

Ein Teilchenstrahl kann ein Objekt über den Horizont hinweg ansteuern – über Berge und Täler, ja über ganze Kontinente hinweg. Der Strahl kann durch künstliche Magnetfelder umgelenkt werden und um sieben Ecken herum sein Ziel erreichen.

Einen Schutz vor solchen Waffen gibt es praktisch nicht. Selbst Betonwände stellen kein Hindernis für sehr harte Röntgenstrahlen dar. Der elektronische Todesstrahl ist durchaus imstande, interkontinentale Raketen bereits am Boden zu vernichten. Auch angreifende Bomber können noch dort, wo sie aufgestiegen sind, unschädlich gemacht werden. Das ist das Phänomenale an diesen Strahlen: Sie können als Offensiv- wie als

Verteidigungswaffen eingesetzt werden. Wer uneingeschränkt über solche Waffen verfügt, ist in der Lage, den Rest der Welt zu beherrschen.

Wir müssen uns fragen«, sagte Professor Henggeler, als stünde er vor einer Schar Studenten, »wir müssen uns fragen, ob künftig Kriege vielleicht nicht mehr mit Geschützen, Bomben oder Gewehren geführt werden. Vielleicht können wir alles, was wir bisher über Schlachten wußten, vergessen.«

Er sah Vonderau an, als nähme er erst jetzt wieder dessen Anwesenheit wahr. »Stellen Sie sich einmal vor, an einem strategisch wichtigen Punkt, zum Beispiel in der Festung Sargans, steht eine Laserkanone. Sie beherrscht das ganze Tal und den Himmel darüber.

Anstürmende Soldaten und Panzer würden plötzlich spurlos verschwinden. Von Menschen und Fahrzeugen bliebe nichts übrig als ein Häufchen Asche. Ich habe es schon einmal erwähnt, aber man kann es nicht oft genug wiederholen. Können Sie sich so etwas vorstellen?«

Der Professor schwieg zwei, drei Sekunden lang und gab dann selbst die Antwort. »Sie können es nicht. Kein Mensch kann es. Und doch sind es Möglichkeiten, mit denen wir uns auseinandersetzen müssen. Was im Moment noch Theorie ist, kann schon bald Realität sein.

Vielleicht«, spann der Professor den Faden weiter, »gibt es in Zukunft auch keine Soldaten mehr, die in Uniformen und Kampfanzügen durch den Dreck kriechen oder sich im Schutz der Nacht an eine gegnerische Stellung heranschleichen. Vielleicht sind die künftigen Heere eine Schar von Wissenschaftlern. Sie tragen weiße Kittel und sind ausgebildet in Physik und Elektronik, in Mathematik und Quantenmechanik. Es wird ein lautloser, unsichtbarer Krieg, und er wird vernichtender sein als alle bisherigen Kriege.«

Der Professor verschränkte die Hände auf dem Rücken und

ging vor Inspektor Vonderau auf und ab. »Jeder Krieg hat die Vernichtung des Gegners zum Ziel, während die eigenen Verluste so klein wie möglich gehalten werden sollen. Mobile Strahlenkanonen erfüllen diese Voraussetzungen in idealer Weise. Die Strahlen können differenziert eingesetzt werden. Je nach Plan werden Menschen oder Tiere ausgeschaltet. Nutztiere, die ein Angreifer selbst verwenden kann, werden verschont. Das gleiche gilt für technische oder militärische Anlagen. Ein Rüstungsbetrieb beispielsweise oder eine chemische Fabrik können so mit Strahlen ›beschossen‹ werden, daß Soldaten beziehungsweise Personal sterben, die Einrichtungen aber bestehen bleiben.

Man ist schon heute in der Lage, die Strahlendosierung so subtil zu gestalten, daß zerstört wird, was zerstört werden soll, und daß funktionstüchtig bleibt, was man zum eigenen Vorteil verwenden kann.

Ein Mensch, der von einer genau dosierten Strahlenmenge getroffen wird, merkt zunächst überhaupt nichts. Die Symptome sind je nach Stärke der »geschossenen« Menge unterschiedlich. Der Bereich variiert von den erst viel später auftretenden Langzeitschäden bis zum sofortigen Tod, der »Verdampfung«, die beim Menschen besonders problemlos ist, da er ja zu achtzig Prozent aus Wasser besteht.

Nun stellen Sie sich einmal eine große Zahl von Menschen vor, die an einem bestimmten Ort versammelt sind. Das können Soldaten sein, die sich durchs Gelände vorarbeiten oder in Stellung liegen, das kann aber auch eine Demonstration sein.

Eine Strahlenkanone, die wie ein Suchscheinwerfer eine Wischbewegung ausführt, kann innert Sekunden Tausende von Menschen schädigen.

Einem diktatorischen Regime wäre es also möglich, eine oppositionelle Kundgebung mit einer ›letalen Dosis‹ von sagen wir 50/30 zu bestreichen. Das bedeutet, daß nach dreißig Tagen fünfzig Prozent dieser politischen Gegner tot wären, ohne daß auch nur ein einziger Mensch auf die Idee käme, die Regierung mit diesem Ereignis in Zusammenhang zu bringen. Denn Unwohlsein, Rötung der Haut, Durchfall und Erbrechen – das sind die ersten Anzeichen einer Strahlenschädigung – lenken die Gedanken zuerst einmal in eine andere Richtung. Man glaubt an eine fiebrige Erkrankung, beispielsweise Grippe, oder an eine harmlose Lebensmittelvergiftung.

Bis jetzt habe ich von Strahlenkanonen gesprochen, die sich auf der Erde befinden. Was passiert aber nun, wenn man sie im All stationiert? Jeder hat irgendwann einmal von ›Killersatelliten‹ gelesen und sich davon nur vage Vorstellungen machen können. Nun, diese Satelliten haben eine Art kleines Kernkraftwerk, das ihnen als Energiequelle dient.

Die Intensität der Killersatelliten hängt davon ab, wie groß dieser Kernreaktor ist. Oder andersherum gesagt: Je größer der Satellit, desto größer die nukleare Energiequelle. Und eine so gigantische Kraft brauchte man ganz sicher nicht, um bloß Aufnahmen von der Erde zu machen oder Schiffsbewegungen auf den Meeren festzustellen.

Ein amerikanischer Senator behauptete vor einigen Jahren, daß allein vier Lasersatelliten eines bestimmten sowjetischen Baumusters in der Lage seien, die gesamte amerikanische Luftflotte lahmzulegen. Jedes Flugzeug, das gegen die Sowjetunion fliege, gerate mehrmals in den Aktionsradius dieser Satelliten. Sie funktionierten automatisch und könnten mit keinem Ablenkungsmanöver der Flugzeuge irregeführt werden.

Solche aktiven Laserstationen sind mit Beobachtungs- und Empfangseinrichtungen ausgestattet, die jede Bewegung registrieren. Nach dem heutigen Stand der Technik können diese Himmelskörper ohne weiteres zwischen Freund und Feind unterscheiden. Ein fliegendes Objekt, das als feindliches erkannt wird, wird automatisch ausgelöscht.

Die Erkenntnis, die man daraus ziehen muß, ist, daß eine Macht, die solche Satelliten besitzt, den gesamten Flugverkehr auf der Erde unter Kontrolle hat.
Dem heutigen Stand der Technik entsprechend könnte noch vor Ende dieses Jahrhunderts ein Lasersatellit im All stationiert werden, der innerhalb eines Tages beinahe sechzig feindliche Satelliten zerstören kann. Vier Stationen der gleichen Intensität wären in der Lage, etwa vierhundert Flugzeuge in nur zehn Stunden vom Weltraum aus abzuschießen.
In den Vereinigten Staaten gibt es folgendes Projekt: 1990 soll mit einer Raumfähre eine Station ins All transportiert werden, die über einen Strahl von vier Metern Durchmesser verfügt. Die Energieleistung soll fünf Millionen Watt betragen. Dieser Strahl könnte Ziele im All bis auf viertausend Kilometer Entfernung ausmachen und zerstören.
Zum Schneiden von Stahlplatten benötigt man in der Industrie ungefähr ein Tausendstel dieser Leistung. Das mag Ihnen veranschaulichen, wie gewaltig das Vernichtungspotential dieser Satelliten ist.
Ich sagte, das Projekt der Amerikaner sei in Entwicklung begriffen«, fuhr Professor Henggeler fort. »Vielleicht ist es bei der Fertigstellung bereits veraltet. Denn es ist zu vermuten, Herr Vonderau, daß die Sowjets in der Laser- und Teilchenstrahlentechnologie dem Westen überlegen sind. Der Westen verfügt über die ausgereiftere Computertechnologie, aber nicht über die bessere Strahlentechnik.
Im Jahre 1975 erhielt ein Mann namens Andrej Dimitrijewitsch Sacharow, Mitglied der Akademie der Wissenschaften der Sowjetunion, den Friedens-Nobelpreis. Dieser Mann war führend an der Entwicklung der sowjetischen Wasserstoffbombe beteiligt gewesen.
Er ist auch dafür mitverantwortlich, daß 1961 die größte je gezündete thermonukleare Bombe zur Explosion kam. Dabei

blieb es aber nicht. Sacharow hat zumindest den Weg zur interplanetaren und intergalaktischen Raumforschung gezeigt. Er fiel später in Ungnade und wurde 1980 nach Gorki verbannt. Aber das wissen Sie ja wahrscheinlich.«

Vonderau wußte es. Darüber war in den Zeitungen viel geschrieben worden.

»Sacharows Werk wurde fortgesetzt, allerdings auf einem anderen Gebiet. Wie gesagt, um Strahlenwaffen zu einem Massenvernichtungsmittel zu machen, benötigt man eine ungeheure Energie.

Man experimentierte mit chemischen Sprengstoffen zum Antrieb von Stromgeneratoren. Dabei wurden Systeme entwickelt, die unvorstellbare Energieleistungen hervorbrachten. So wurden unter anderem Explosiv-Generatoren geschaffen, die so stark sind, daß ein von Hand transportierbares System Millionen von Kilowatt Elektrizität erzeugen kann.

Ich wiederhole: Die Lasertechnik und was immer damit zusammenhängt ist auf Hochenergie angewiesen. Die Sowjets haben sie, wir nicht, zumindest noch nicht.

Ein weiteres Beispiel, daß der Westen auf gewissen Gebieten dem Osten gar nicht so überlegen ist, wie man uns immer weismachen will, ist die Tatsache, daß in den letzten Jahren mehr als hundertdreißig Lizenzen von amerikanischen Firmen im Ostblock gekauft wurden. Haben Sie das gewußt?«

Vonderau schüttelte den Kopf. Er hatte es tatsächlich nicht gewußt.

»Im Westen tragen Hunderttausende von Menschen sogenannte weiche Kontaktlinsen. Was ursprünglich in der Tschechoslowakei erfunden und entwickelt wurde, wird von der amerikanischen Firma Bausch & Lomb im Westen verkauft.

Von den Sowjets wurde zum Beispiel die Methode entwickelt, mittels eines chirurgischen Eingriffes die Kurzsichtigkeit zu beseitigen. Hunderte von amerikanischen Medizinern haben sie

übernommen, mehr als zwanzigtausend Operationen verliefen erfolgreich.
In den letzten paar Jahren wurden von der Sowjetunion und den Ländern des Ostblocks Lizenzen im Wert von rund fünfzig Millionen Dollar an den Westen verkauft. Namhafte Firmen wie Kaiser Aluminium, 3M, Babcock & Wilcox, Gates Rubber, Bristol-Myers und viele andere arbeiten mit Patenten aus dem Osten. Energie-Hochspannungsleitungen gehören dazu, ebenso eine chirurgische Nähmaschine, Schweißmethoden, elektromagnetisches Gießen von Kupfer und Aluminium und vieles mehr.
Seit langem hat der Westen Respekt von den Stärken der sowjetischen ›Wandtafel-Disziplin‹. Damit sind jene Wissenschaften gemeint, die intellektuelle Fähigkeit und Theorieverständnis voraussetzen. Ist es da verwunderlich, daß die Sowjets viel mehr Schachweltmeister aufzuweisen haben als der Westen?
In den praktischen Bereichen wie Metallurgie, Kernfusion, Physik, Weltraumtechnik und in der Produktion von Radioisotopen haben die Wissenschaftler der UdSSR den Amerikanern offenbar den Rang abgelaufen.
Nur Lizenzen für den Bau von Explosiv-Generatoren als Energiequellen von Strahlenwaffen verkaufen sie dem Westen nicht.«
Das Gesicht des Professors hatte sich gerötet. Er ging zu einem Waschbecken an der Wand, ließ Wasser laufen, fing es mit der hohlen Hand auf und trank schlürfend. Dann wischte er sich den Schnauzbart mit einem Taschentuch ab.
Draußen begann es zu dunkeln. Es hatte doch länger gedauert, als Vonderau angenommen hatte, und es sah so aus, als wäre Henggeler auch jetzt noch nicht am Ende seiner Ausführungen angelangt.
»Den Einsatz des Lasers habe ich jetzt natürlich zu einseitig dargestellt. Aber Sie wollten ja nur diese Seite kennenlernen«, meinte er.
»Das ist absolut richtig«, sagte der Inspektor.

Der Professor vergrub die Hände in den Hosentaschen, schaute zum Fenster hinaus und sagte: »Mit Laser kann man einem Menschen das Leben nehmen, ohne daß eine Spur zurückbleibt: Er kann über weite Distanz durch reine Schockwirkung getötet werden. Diese Wirkung wird durch eine kurze, aber intensive Bestrahlung erreicht. Dabei ziehen sich die Gewebe im Hirn so stark zusammen, daß der Tod eintritt. Danach dehnen sie sich wieder aus, und auch bei einer eventuellen Obduktion der Leiche, die den rätselhaften Tod erklären soll, ist keine Veränderung festzustellen.

Man ist natürlich inzwischen auch dazu übergegangen, die Möglichkeit mobiler Elektronenwaffen zu prüfen, etwa eine Strahlenkanone in ein gepanzertes Fahrzeug einzubauen. Sie wäre in der Lage, schon auf weite Distanz ein angreifendes Heer Soldaten, Panzer und Flugzeuge zu vernichten, völlig unsichtbar und völlig geräuschlos.

Eine solche Waffe könnte aber auch in einen der bekannten fahrbaren Wasserwerfer eingebaut werden. Aus dem Rohr, aus dem normalerweise mit Hochdruck Wasser auf eine demonstrierende Menge gejagt wird, kämen nun unsichtbare Strahlen mit einer Intensität von sagen wir einmal 80/30. Innerhalb der nächsten dreißig Tage wären also achtzig Prozent dieser Leute tot. Im Laufe der Jahre könnte ein autoritäres Regime auf diese Weise sukzessive seine Gegner vernichten, ohne daß auch nur der Schatten eines Verdachts auf die Regierung fiele.

Im Prinzip ist jeder in der Lage, einen Laser zu bauen, der einigen Schaden anrichten kann. Die Teile dafür sind im Fachhandel frei erhältlich, und jemand, der sich auf diesem Gebiet auskennt, weiß, wo er sich die Geräte beschaffen kann. Als Energiequelle genügt eine Autobatterie.

Auch in der Spionage wird der Laser Leute wie Sie, Herr Vonderau, vor bisher völlig unbekannte Probleme stellen. Ich denke

da an Abhörgeräte. Die Wanzen, wie sie heute bekannt sind, gehören in die Steinzeit der Geheimdienste.
Heute gibt es taschenlampengroße Laser, deren millimeterfeiner Strahl auf eine Fensterscheibe gerichtet wird. Schon kann jemand in einem zweihundert Meter entfernten Auto bequem jedes Wort mithören, ohne Gefahr zu laufen, entdeckt zu werden.
Auch als Waffe kann ein Laser in der Spionage natürlich zum Einsatz kommen.«
»Moment«, sagte Vonderau, setzte sich ruckartig auf seinem Stuhl zurecht und merkte erst jetzt, daß ihm alle Knochen weh taten. »Ich kann mir das nicht genau vorstellen. Sind denn diese Geräte nicht viel zu voluminös, um sie in der Jackentasche mitzutragen?«
»Man muß zwei Dinge bedenken«, entgegnete der Professor. »Es besteht die Tendenz zur Miniaturisierung der Energiequellen. Lassen wir einmal das Stromnetz außer acht. Wer weiß denn, ob nicht bereits Batterien existieren, die viel leistungsfähiger sind als solche, die in jedem Geschäft gekauft werden können?
Darüber hinaus muß ich Ihnen mitteilen, daß bereits heute ein Gerät hergestellt werden kann, das Menschen vorübergehend kampfunfähig macht oder Autoreifen anbohrt, das Leuchtschriften zum Erlöschen bringt oder kleine Löcher, kaum sichtbar, in Benzintanks von Autos brennen kann. Alle diese Apparate sind batteriegespeist und können in der Hosentasche verstaut werden.
Stellen wir uns einmal folgendes vor: Sie sind jemandem auf der Spur, und dieser Jemand taucht plötzlich vor Ihnen auf. Jetzt geht es um Sein oder Nichtsein. Bevor Sie die Pistole ziehen können, hat der Kerl, der Ihnen gegenübersteht, etwas in der Hand, das einer Pistole ähnlich sieht. Plötzlich spüren Sie einen kurzen Schmerz. Sie haben nichts gesehen und nichts gehört.

Der Mann hat Sie den Bruchteil einer Sekunde lang mit einer Laserpistole beschossen. Er drückt wieder und wieder ab, als ob er einen Trommelrevolver leerschießen würde. Der Schmerz kommt und verschwindet, Sie spüren ihn immer dann, wenn abgedrückt wird. Er ist zwar erträglich, aber doch so groß, daß Sie keine Chance haben, sich zu wehren. Und das alles geräuschlos. Im Zimmer nebenan könnte jemand stricken oder fernsehen, niemand würde etwas bemerken.

Die Trommel eines Revolvers ist nach sechs Schüssen leer. Der Laser kann Sie mehr als hundertmal treffen. Und dieses unsichtbare Beschießen über eine lange Zeitspanne hinweg kann tödlich sein.«

Vonderau nagte an der Unterlippe. Tragbare kleine Laser, äußerlich einer Pistole ähnlich ...

In diesem Augenblick kam dem Inspektor die Werkstatt an der Quellenstrasse in den Sinn. Und Manfred. Und Dorian Weber ...

Manfred stand mit gespreizten Beinen da, den rechten Arm ausgestreckt, als befände er sich in einem Schießstand und zielte auf Scheiben. In der Hand hielt er einen Gegenstand, der einer Pistole sehr ähnlich sah, aber etwas plumper und unförmiger war.

Auf einen etwa fünf Meter entfernten Tisch hatte Manfred ein Metallgefäß gestellt, eine Ölkanne. In der Werkstatt herrschte tiefe Dunkelheit. Der metallene Behälter schimmerte matt im dünnen Licht, das von draußen durch die Fenster fiel.

»Haben Sie etwas gesehen?« fragte Manfred.

»Nein«, antwortete Weber, der neben ihm in der Werkstatt stand.

»Schalten Sie das Licht ein und holen Sie die Kanne«, forderte Manfred den Jungen auf.

Weber ging hin. Er kauerte sich nieder, drehte das Gefäß lang-

sam in den Händen, als versuchte er mühsam eine Schrift darauf zu entziffern. Nach einiger Zeit erhob er sich und deutete mit dem Zeigefinder auf eine Stelle des Blechs.
»Hier«, sagte er. »Ich hätte es nicht bemerkt, wenn ich nicht gewußt hätte, daß es eines geben muß.«
Er hielt Manfred die Blechkanne hin. Neben seinem Finger befand sich ein kaum zwei Millimeter großes Loch.
In Manfreds Mundwinkeln saß ein feines Lächeln. »Sehen Sie. Wie soll denn jemand dieses Loch entdecken, wenn er gar nicht damit rechnet, daß es vorhanden sein könnte?« fragte er, ohne eine Antwort zu erwarten.
Er hatte soeben die Macht einer kleinen Laserwaffe demonstriert.
»Damit kann man Benzintanks anbohren und in Autoreifen kleine Löcher brennen; man kann einen Menschen mit einem Impuls bestrahlen, der kaum eine halbe Sekunde dauert, und der Mensch wird die Berührung dieses unsichtbaren Strahls als Schmerz verspüren, wie wenn er mit einer Nadel gestochen wird. Das sind nur mal zwei Dinge. Aber man kann noch viel mehr schöne Sachen damit machen.«
»Was zum Beispiel?« fragte Weber sofort.
Manfred erzählte ihm ungefähr das, was Professor Henggeler Inspektor Vonderau geschildert hatte, nur kürzer und einfacher. Allzuviel brauchte der Junge gar nicht zu wissen.
»Was Sie bis jetzt gemacht haben, Herr Weber, war genau genommen ungefähr so wie Zeitung lesen im Büro, für das Sie zunächst noch bezahlt werden«, erklärte Manfred ruhig. Er steckte die Laserpistole in die Tasche seiner Windjacke.
»Kommen Sie mit«, sagte er plötzlich, als habe er sich irgend etwas in Sekundenschnelle anders überlegt. Er ging in den Büroraum, entnahm einem Metallschrank eine schwarze Fototasche und holte aus der Tasche eine Kamera hervor.
Weber runzelte die Stirn. »Damit kann ich schlecht umgehen«,

sagte er. »Ich kann nicht fotografieren. Ich habe nie einen Fotoapparat besessen.«

»Damit können Sie umgehen«, behauptete Manfred, und wieder stahl sich ein kaum sichtbares Lächeln in seine Mundwinkel.

»Das hier hat die gleiche Wirkung wie die Laser-Pistole, nur ist es noch unauffälliger«, sagte er. »Sie können so tun, als fotografierten sie, während Sie in Wirklichkeit Laserstrahlen abschießen. Das Gerät eignet sich besonders dann, wenn Leute in der Nähe sind. Niemand kann etwas bemerken.«

Weber nahm die Kamera, die keine war, vorsichtig in die Hände. Eine seltsame Erregung stieg in ihm hoch. Er erkannte schlagartig die Macht, die in diesem kleinen Gerät lag. Sie machte ihn allen anderen Menschen überlegen – ein Gefühl, das er bisher nicht gekannt hatte. Er war immer getreten worden, er war immer der Letzte gewesen. Jetzt konnte er alle in den Sack stecken.

»Wir wußten schon lange, daß es möglich sein müßte, solche Geräte zu entwickeln«, sagte Manfred und nahm Weber die Kamera-Attrappe weg. »Und Sie werden für uns die Wirkung dieser Wunderdinger in der Praxis prüfen. Jetzt hängt alles von Ihnen ab. Ich habe ein Testprogramm aufgestellt, das Sie voll durchziehen werden, Herr Weber.«

Dorian räusperte sich. »Warum gerade ich?« fragte er heiser.

»Warum gerade Sie nicht?« antwortete Manfred mit einer Gegenfrage. »Sie haben sich schließlich verpflichtet mitzuarbeiten. Außerdem werden Sie für diese Aufgabe speziell honoriert – und das nicht zu knapp. Das ist das eine. Zum anderen können Sie jetzt nicht mehr aussteigen. Sie wissen zuviel. Ist das klar?«

Weber schluckte und nickte. In die Erregung mischte sich eine Spur Angst.

»Dazu kommt noch, daß Sie Schweizer sind. Es ist wichtig, daß ein Einheimischer das alles ausführt, einer, der die gleiche Sprache spricht und nicht schon unangenehm auffällt, wenn er mal das Maul aufmachen muß. Ausländern mißtraut man hier zu sehr. Das habe ich Ihnen doch schon einmal gesagt, oder nicht?«

»Doch, doch«, murmelte Weber beflissen.

»Und noch etwas«, fuhr Manfred fort, und seine Stimme hatte plötzlich alles Freundliche verloren. »Wenn Sie aus der Reihe tanzen, wenn Sie irgend etwas tun, das nicht vorgesehen ist, dann sind Sie dran, und zwar richtig. Habe ich mich klar genug ausgedrückt?«

Wieder nickte Weber schweigend.

»Das gesamte Testprogramm läuft unter strengster Geheimhaltung ab, das sei noch mal mit aller Deutlichkeit festgestellt«, sagte Manfred. »Nicht die Spur eines Verdachtes darf auf Sie oder auf uns fallen, und das geschieht auch nicht, solange Sie genau nach meinen Anweisungen handeln. Leben und leben lassen ist im Augenblick unsere Devise. Wir können aber auch anders.«

Weber dachte an Vonderau. Hatte er dem Bundespolizei-Inspektor nicht schon zu viel erzählt, als daß das »Testprogramm« noch in völliger Anonymität abgewickelt werden konnte? Hatte der Inspektor von der Spur abgelassen, wie er es angekündigt hatte, von der Spur, die Weber aus freien Stücken gelegt hatte? Er konnte nur hoffen.

»Alles klar«, sagte Weber.

»Dann hören Sie gut zu. Ich erkläre Ihnen jetzt, was Sie zu tun haben.«

Eine Stunde später verließ Weber die Werkstatt und trat in die nächtliche Dunkelheit hinaus. Über die Schulter gehängt trug er eine handelsübliche schwarze Fototasche, in der sich die Laserpistole und die falsche Kamera befanden. Und fünftausend Franken – für einen arbeitslosen jungen Mann ein kleines Vermögen. Die hatte Manfred ihm als spezielle Prämie gegeben.

Um zu zeigen, daß er keine Angst hatte, marschierte er beschwingt über den Hof und zur Straße. Aber er hatte Angst.

Im ersten Moment vermochte Vonderau keinen klaren Gedanken zu fassen. Zerstreut und mehr aus Gewohnheit zündete er sich eine Zigarette an.
Er stand vor dem Gebäude der Eidgenössischen Technischen Hochschule an der Rämistrasse. Vor fünf Minuten hatte er das Gebäude verlassen, aber die Worte des Professors wirkten in ihm nach wie ein starkes Medikament.
Er betrachtete die vorüberfahrenden Autos und die Straßenbahnen, er betrachtete die Menschen, und er dachte daran, daß es möglich war, all dies in Sekundenschnelle und auf unsichtbare Weise zum Verschwinden zu bringen, zum »Verdampfen«, wie der Professor gesagt hatte.
Von hier aus hätte er in zehn Minuten seine Wohnung erreichen können. Aber eine starke Unruhe ließ ihn zögern. Er hatte Weber gesagt, er werde sich nicht mehr um die Affäre kümmern. Trotzdem lenkte er seinen Wagen nun stadteinwärts, an der Sihlpost vorbei und zur Langstrasse. Er bog in die Dienerstrasse ein, wo er sein Auto wieder einmal im Halteverbot stehenließ.
Es gab nichts, was sein Tun rechtfertigte, und ein paar Sekunden lang war er drauf und dran, wieder umzukehren. Aber er ging weiter, stieg das stille Treppenhaus hinauf und klingelte an Webers Wohnungstür. Es war eine innere Stimme, ein Instinkt oder wie immer man es bezeichnen mochte, das ihn dazu drängte.
Der Junge war erst kurz zuvor nach Hause gekommen und öffnete mit einem gespannten Gesichtsausdruck. »Sie?« fragte er erstaunt. »Ich dachte, Sie hätten den Fall aufgegeben?«
Das sollst du ruhig denken, mein Junge, dachte Vonderau. Laut sagte er: »Ich weiß, um diese Zeit macht man keine Besuche. Aber ich kam auf dem Heimweg in der Nähe vorbei, und da dachte ich . . .«

». . . schauen wir doch einmal beim kleinen Dorian Weber herein. Vielleicht hat er was zu sagen«, vervollständigte Weber den Satz.

»Richtig. Nun, wie steht's mit der Arbeit?«

»Ich arbeite immer noch drei Tage in der Woche an der Quellenstrasse, Herr Vonderau. So falle ich der Arbeitslosenkasse nicht zur Last.«

»Und wie steht's mit Manfred?«

»Ich habe den Mann seit Wochen nicht mehr gesehen«, antwortete Weber, ohne mit der Wimper zu zucken. »Und wie geht es Ihnen?«

Vonderau hob abwehrend die Hände. »Lassen wir das. Es geht mir um Sie. Es hat sich also nichts geändert, es ist nichts eingetreten, was Sie mir melden sollten?«

»Nicht das geringste«, antwortete Weber ruhig. Vor noch nicht allzu langer Zeit hatte er Vonderau um Hilfe angefleht, jetzt betrachtete er ihn als seinen Gegenspieler. Zwei kleine Geräte hatten aus ihm einen anderen Menschen gemacht. Er hatte es jetzt in der Hand, seine Mitmenschen zu beherrschen. In dieses nie gekannte Machtgefühl mischte sich aber auch eine Spur von Dankbarkeit. Manfred hatte ihn für voll genommen, hatte ihm etwas unglaublich Wichtiges anvertraut, und das war für Weber überwältigend. Ohne es sich direkt einzugestehen, hatte er sich voll und ganz auf Manfreds Seite geschlagen.

Sofort nachdem Vonderau gegangen war, lief Weber ins Schlafzimmer, holte die Fototasche unter dem Bett hervor, entnahm ihr die Kamera und lief ins Wohnzimmer zurück. Der Teufel ritt ihn, aber er kam nicht dagegen an.

Er löschte das Licht. Er öffnete das Fenster und hob die Kamera ans Auge. Ganz deutlich hatte er Vonderau im Sucher, der eben von der Nietengasse in die Dienerstrasse einbog.

Weber drückte auf den Auslöser.

Im gleichen Sekundenbruchteil griff sich der Inspektor an die linke Hüfte und blieb abrupt stehen. Ungläubig massierte er sich die Seite. Verdammt noch mal, dachte er fassungslos, ist das Rheuma oder Hexenschuß? Oder gar Nierenschmerzen? Nun, er war nicht mehr der Jüngste. Hatte man die Vierzig einmal überschritten, mußte man mit solchen Dingen rechnen. Vorsichtig und mit kleinen Schritten ging er weiter. Der Schmerz kam nicht wieder. Das beruhigte ihn ein bißchen. Aber eine böse Erinnerung blieb.

Weber schloß fassungslos das Fenster. Obwohl sie ihm von Manfred erklärt worden war, hatte er sich die Wirkung des Gerätes nicht vorstellen können. Nun hatte er sie erlebt.

Beinahe andächtig verstaute er die falsche Kamera wieder in der Tasche. Dann nahm er die Liste, die Manfred als »Testprogramm« bezeichnet hatte, und las sie aufmerksam durch.

Manfred hatte ihm eingeschärft, sich ganz genau an dieses »Programm« zu halten. Es hatte noch nicht begonnen, und schon hatte er eigenmächtig gehandelt. Aber das brauchte Manfred ja nicht zu wissen.

Plötzlich begann Dorian Weber laut zu lachen.

6

Der Panzer 68, ein veraltetes Fahrzeug der Schweizer Armee, rollte unter Gedröhn und Kettengerassel die Böschung hinunter und auf die Notbrücke zu, die von den Pontonieren in der Nacht über den Fluß Thur geschlagen worden war.

Das Feldarmeekorps 4 hielt unter der Bezeichnung »Panzerjagd« im Kanton Thurgau ein großangelegtes Manöver ab. Vor dem Panzer, der die Nummer M78037 trug, hatten bereits sieben Kampfwagen die Brücke hinter sich gebracht. Die Panzerkompanie I/29, zu der auch der M78037 gehörte, griff den

»Feind« an, der in der Nacht eingedrungen war und sich bei dem kleinen Dorf Warth festgesetzt hatte.
Der Panzer 68 hatte die Notbrücke erreicht. Hinter ihm waren weitere zwölf Fahrzeuge des gleichen Typs im Anrollen auf die Brücke. Über einer bewaldeten Hügelkuppe tauchten zwei Helikopter auf, deren knatternder Lärm im Motorengedröhn der Panzer unterging.
Der Angriff der Panzerkompanie sollte die Vernichtung, mindestens aber die Vertreibung des »Feindes« bewirken. Hinter den Panzern liefen die Grenadiere, die zusammen mit der Infanterie vorrücken und in den Kampf eingreifen mußten.
Beim Dörfchen Warth hatten sich zahlreiche Zivilisten versammelt, die den »Krieg« hautnah erleben wollten. Ein fünfzehn Personen umfassendes Fernseh-Team war gekommen, um mit Hilfe von vier Übertragungswagen und tragbaren Kameras der übrigen Bevölkerung in Farbe vorzuführen, was mit einem Teil der Steuergelder gemacht wurde.
Fotoreporter und Journalisten von Zeitungen und Zeitschriften tummelten sich hier. Militärpersonen, die weiße Armbinden trugen und als »Schiedsrichter« fungierten, liefen umher. Sie gaben der Übung einen realistischen Anstrich, indem sie im Lauf des »Kampfgeschehens« bestimmten, wer »tot« war, und so unvorhergesehene Schwierigkeiten herbeiführen oder dem Ganzen eine neue Wende geben konnten.
Auch eine parlamentarische Militärkommission war anwesend. In den nächsten Wochen stand dem Parlament eine hitzige Debatte über die Beschaffung von neuen Panzern bevor. Nach ersten Berechnungen würden sich die Kosten auf rund vier Milliarden Franken belaufen.
Einer der zuschauenden Zivilisten war ein schlanker junger Mann mit blonden Haaren. Er saß auf dem rechten Vordersitz eines hellen Range Rovers, der neben einer Scheune parkte. Die Tür war geöffnet, und der Blonde hatte einen guten Ausblick

auf die Notbrücke und die darüber rollenden Panzer. In den Händen hielt er eine Filmkamera, und mit Namen hieß er Dorian Weber.
Kurz vor Manöverbeginn hatte es zu regnen begonnen, und der Regen hatte erst vor zwei Tagen nachgelassen. Die Feldwege waren aufgeweicht, die durchtränkten Wiesen wurden von den Panzerketten wie von Pflügen aufgerissen.
Oberleutnant Robert Lehmann lehnte sich an den Stamm eines von Nässe triefenden Apfelbaumes. Lehmann war siebenundzwanzig Jahre alt und wollte unbedingt Hauptmann werden. Danach ging es vielleicht noch weiter die Stufen aufwärts.
Die Vorzeichen standen gut. Die wichtigsten Leute waren hier versammelt, und die Aktion lief bestens. Plötzlich brüllte er ein »Gottverdammich!« in den Motorenlärm hinein. Die fünf Soldaten, die in dreckigen, nassen Schützenlöchern um ihn herum hockten, schoben sich erstaunt die mit Grünzeug getarnten Helme aus der Stirn. Hatten sie richtig gehört?
Sie hatten. Lehmann, der einen Zug der Panzerkompanie I/29 führte, riß sein Fernglas an die Augen. Es machte das Bild nur noch deutlicher. Und es war kein schönes.
Der Panzer 68 mit der Nummer M78037, ausgerechnet einer aus seinem Zug, stand mitten auf der Brücke bockstill. Aus dem Auspuff kam eine schwarze Rauchwolke und dann noch eine, aber der fünfzig Tonnen schwere Koloß rührte sich nicht vom Fleck.
Ein zweiter Panzer rollte die Böschung hinunter und näherte sich der Brücke. Ein dritter tauchte oben auf, der Fahrer bemerkte die Hindernisse im letzten Augenblick, mußte ausweichen und kam am Flußufer zum Stillstand.
Oberleutnant Lehmann, der bleicher und bleicher wurde und sein Seelenheil bedenkenlos weggegeben hätte, wenn er dafür augenblicklich im Erdboden hätte versinken können, machte sich umsonst Sorgen. Denn Divisionär Walter Peters, in auslän-

dischen Truppen vom Rang her ein Zweisterne-General, lächelte still vor sich hin. Ihm kam der Zwischenfall, was auch immer die Ursache gewesen war, gerade recht.

Er war der Waffenchef dieser Truppe und verfocht die Ansicht, daß neue Panzer beschafft werden müßten. Er dachte da an den deutschen Leopard 2, und er hatte seiner Meinung jederzeit lautstark Ausdruck gegeben. Vom amerikanischen Panzer M-1 Abrams, der ebenfalls in Erwägung gezogen wurde, hielt er nicht viel.

Wenn er, Walter Peters, etwas zu sagen hätte, wäre die Bestellung für den »Leo 2« längst erteilt. Aber er konnte ja nur empfehlen. Den Entscheid fällte das Parlament.

Das Lächeln von Divisionär Peters bekam einen unübersehbaren Anflug von Spott, als er sich an den neben ihm stehenden Präsidenten der parlamentarischen Militärkommission wandte.

»Da sehen Sie es selbst«, sagte er höhnisch. »Diese alten Stahlwannen eignen sich zu nichts mehr. Die gehören schon längst verschrottet. Stellen Sie sich einmal vor, die Scheißkiste wäre im Ernstfall liegengeblieben!«

Der Präsident, ein kleiner Mann mit einem runden Kopf und einer mächtigen Glatze, hatte die Fäuste in den Taschen seines Regenmantels vergraben. Er nickte schweigend und betrachtete ärgerlich die Szene auf der Brücke. Im Ernstfall wären die stählernen Kolosse tatsächlich abgeknallt worden wie Hasen bei der Treibjagd.

In diesen Minuten faßte er einen Entschluß. Er würde vehement auf die Mitglieder der Militärkommission einwirken, damit zu Händen des Parlaments ein Bericht über die Notwendigkeit einer Neuanschaffung von Panzern zustande kam, der an Deutlichkeit nichts zu wünschen übrigließ.

Dorian Weber saß so da, wie er die ganze Zeit gesessen hatte. Die Filmkamera lag auf seinen Knien, als hätte es keine Szene gegeben, die zu filmen es wert gewesen wäre.
Aber es hatte eine gegeben. Als der Panzer mit der Nummer M78037 über die Notbrücke gerollt war, hatte Weber sich auf die Aufgabe besonnen, die Manfred ihm im Rahmen des »Testprogramms« zugedacht hatte.
Er hatte die Kamera ans Auge geführt, den Panzer anvisiert, auf den Auslöser gedrückt und mit dem Laserstrahl die Zündbox getroffen, worauf der Panzer noch ein paar Meter weitergerollt und dann liegengeblieben war. Völlig unbemerkt hatte Weber den Tank schachmatt gesetzt. Es erstaunte ihn nicht einmal, daß es geklappt hatte.
Vor drei Tagen hatte Manfred zu ihm gesagt: »Heute abend wird vor der Werkstatt ein heller Range Rover stehen. Sie holen ihn in den frühen Nachtstunden ab und fahren damit nach Hause. Wenn Sie dabei die Augen offenhalten und darauf achten, ob Ihnen jemand folgt, kann es nichts schaden. Es ist nur der Sicherheit wegen. Wahrscheinlich werden Sie niemanden bemerken. Der Zündschlüssel liegt im Handschuhfach. Unter dem Fahrersitz befindet sich eine Kamera, die an der Autobatterie angeschlossen ist. Sie wird also eine relativ starke Wirkung erzielen. Sie werden genau das tun, was vorgesehen ist, und nicht mehr. Ich hole mir den Bericht persönlich ab.«
»Warum ein Range Rover?« fragte Weber. »Ich habe doch den Golf.«
»Bei dem schlammigen Boden werden Sie vielleicht noch dankbar sein für den Vierradantrieb. Man soll nicht auf Sie aufmerksam werden, und sei es nur wegen eines steckengebliebenen Wagens. Nach getaner Arbeit hauen Sie ab, langsam und unauffällig, aber Sie hauen ab. Klar?«
Es war klar genug. Und doch tat dann Dorian Weber mehr,

als er hätte tun müssen, und er verschwand auch nicht. Er schaute weiter zu.
Die Energie der Laser-Kamera war natürlich zu schwach gewesen, um den Panzer stärker zu beschädigen. Aber sie hatte ihn manövrierunfähig gemacht, und das war schon sehr viel.
Ein kurzer Druck auf den Auslöseknopf hatte die ganze großangelegte Übung zum Stehen gebracht und ein heilloses Durcheinander bewirkt. Man durfte wirklich nicht daran denken, was passieren würde, wenn so etwas im Ernstfall geschähe.
Soldaten liefen aufgeregt herum, es wurde gestikuliert und geschrien, und nur der besonnene Kompaniekommandant versuchte, Ordnung in das Chaos zu bringen. Zwei »Mirage« donnerten über das Gelände. Sie symbolisierten die Luftunterstützung, die sie den Angreifern gaben.
Ein Panzer, vom Kompaniekommandanten eingewiesen, rollte rückwärts zur Brücke. Eine Stahltrosse wurde zum liegengebliebenen M78037 gelegt. Unter dem doppelten Gewicht sackte die Notbrücke tief ein. Der viel Wasser führende Fluß spülte darüber hinweg.
Und alles wurde vom Fernsehen aufgenommen.
Dorian Weber zuckte zusammen, als plötzlich das Scheunentor aufgestoßen wurde und Soldaten in Kampfanzügen auf ihn losstürmten. Ein paar Sekunden lang vergaß er zu atmen. Sein erster Gedanke war: Ich bin entdeckt.
Doch die Infanteristen hatten nicht ihn zum Ziel. Mit den Sturmgewehren in der rechten Hand huschten sie geduckt an ihm vorbei, angetrieben von einem Leutnant, der kaum älter war als Weber.
»Los, los«, schrie der junge Offizier. »Kneift euch in den Arsch! Wir sind hier nicht in der Sonntagsschule!«
Gegenüber von Webers Standort befand sich ein Stall. Unter dem vorspringenden Dach hockten fünf Soldaten. Sie hatten die Helme abgenommen und rauchten. Für sie war die Übung vor-

bei, denn sie waren von einem Schiedsrichter als tot erklärt worden. Sie grinsten ungeniert, als sie das Geschrei des Leutnants hörten.

Die Angst, die Weber gefühlt hatte, schlug von einer Sekunde auf die andere ins Gegenteil um. Mit der Kamera hatte er es ja in der Hand, das Geschehen zu beeinflussen.

Wenn sich hier einer in den Arsch kneift, dann bist du das, dachte er verbissen, als gehörte er zu den angeschnauzten Soldaten. Er riß die Kamera ans Auge, visierte den Rücken des Leutnants an und drückte ab. Der junge Offizier wurde in seinem Lauf gebremst. Er richtete sich auf und begann zu humpeln. Weber drückte noch einmal ab. Der Leutnant geriet ins Stolpern. Mit schwingenden Armen versuchte er, das Gleichgewicht zu bewahren und weiterzulaufen. Weber drückte ein drittes Mal ab. Der Mann stürzte wie ein gefällter Baum und blieb liegen.

Das Blut rauschte in Webers Ohren; er keuchte. Es war nicht sein freier Wille, der ihn davon abhielt, weiter auf den Offizier zu »schießen«. Vielleicht gab die liegende Gestalt, die automatisch »Vernichtung« signalisierte, seinem Hirn den Befehl aufzuhören.

Das Gelächter der »toten« Soldaten brachte ihn in die Wirklichkeit zurück. Sein Herz hämmerte wild. Er betrachtete das Gerät in seiner Hand. Allein mit diesem Ding hatte man also die Möglichkeit, völlig unbemerkt grenzenlose Verwirrung und großen Schaden anzurichten.

Weber verstaute die Kamera, die durch ein dünnes, unter dem Armaturenbrett hindurchlaufendes Kabel mit der Autobatterie verbunden war, unter dem Fahrersitz, stieg aus und schloß die Tür. Er zündete sich eine Zigarette an und betrachtete gelassen das Geschehen. In der Brusttasche seiner Jacke steckte ein Ausweis, ausgestellt auf seinen richtigen Namen, der ihm bescheinigte, Reporter einer großen Tageszeitung zu sein.

Er hatte sich gewundert, woher Manfred dieses Papier hatte, und er hatte ihn auch danach gefragt. »Es ist mir lieber, wenn Sie das Denken mir überlassen, Herr Weber. Führen Sie das aus, was ich Ihnen auftrage, dann werden wir hervorragend zusammenarbeiten«, hatte Manfred ruhig, aber unmißverständlich geantwortet.
So stand Weber nun da, die Arbeit war beendet, nach der Zigarette würde er wegfahren.
Der Leutnant hatte sich wieder aufgerichtet. Verunsichert und in der Erwartung, daß der kurze Schmerz jederzeit wiederkehren konnte, ging er weiter.
Wahrscheinlich hatte er sich eine Nierenentzündung zugezogen. Kein Wunder bei dem naßkalten Wetter. Sobald dieser militärische Wiederholungskurs vorbei war, würde er einen Arzt aufsuchen.
Auf der Notbrücke war die Stahltrosse inzwischen an dem liegengebliebenen Panzer befestigt worden. Der fahrtüchtige Panzer, der rückwärts auf die Brücke gerollt war, schleppte den M78037 ab. Das Hindernis war beseitigt. Das Manöver konnte weitergehen.
Dorian Weber fuhr nach Hause. Den ersten Teil des Testprogramms hatte er problemlos hinter sich gebracht. Er legte sich aufs Bett. Nach ein paar Minuten fielen ihm die Augen zu.
Später, als die Nacht hereingebrochen war, steuerte er den Range Rover vor die Werkstatt in der Quellenstrasse. Der blaßgrüne Golf GLS Leader stand bereits dort. Er stieg von einem Auto um ins andere und kehrte mit dem Golf zu seiner Wohnung zurück.

Der Julianfang erschreckte die Leute. In gut zwei Wochen begannen die großen Sommerferien, und es herrschte ein Wetter, als wäre erst April. Die Leute hatten zum Schutz vor den niedrigen Temperaturen wieder die Regenmäntel hervorgeholt.

Die Sonne schien wäßrig. Sie wärmte nicht. Sie verlieh allem einen zarten Goldschimmer, aber sie hatte nicht die Kraft, eine Vorfreude auf den Sommer zu wecken. Der Atem kondensierte zu kleinen Wolken, vor allem in der Nacht. Und nachts war auch Dorian Weber unterwegs.
Der Parkplatz vor dem Hechtplatz-Theater in der Nähe des Nachtlokals »Terrasse« am Limmatquai war überfüllt. Sogar auf den Trottoirs standen die Wagen. Vor dem Lokal bildeten die Taxis mit den beleuchteten Schildern auf den Dächern eine lange Reihe. Die Fahrer dösten, lasen Krimis oder kritzelten in den Feldern von Kreuzworträtseln herum. Ihre Zeit kam erst, wenn das Lokal schloß.
Weber ließ sie in Ruhe. Sie hatten keinen leichten Job. Vor einem Tramzug der Linie 4, dessen Fahrer ärgerlich klingelte, überquerte er die Straße. Sein Ziel war der Parkplatz. Dort sollte die nächste Phase des Testprogramms anlaufen.
Aus der Jackentasche holte er die Laser-Pistole, die beinahe in seiner Hand verschwand. Der Parkplatz lag verlassen da. Erst wenn die Lokale in den umliegenden Straßen Feierabend machten, würde hier Betrieb herrschen.
Als ersten Wagen nahm er sich einen silbergrauen Alfa Romeo mit dem Kennzeichen des Kantons Zug vor. Er zielte auf den hinteren linken Reifen, drückte ab, und sofort entwich mit einem leisen Zischen die Luft. Gleich darauf geschah dasselbe mit dem rechten Hinterreifen.
Mehr als ein Reserverad hatte ja wohl niemand bei sich. Der Besitzer würde Augen machen, wenn er gleich zwei Reifen wechseln mußte. Es bereitete Weber eine teuflische Freude, sich vorzustellen, wie der Kerl nachts um zwei aus dem Lokal kam, nach Hause fahren wollte – und dann diese Bescherung.
Bei weiteren vier Wagen in der gleichen Reihe schoß Weber mit dem unsichtbaren Strahl die Hinterreifen kaputt. In weni-

ger als einer Minute war die Aktion vorbei. Er entfernte sich ohne Hast. Niemand hatte etwas bemerkt.

Ein paar Minuten später befand er sich im Niederdorf, schlenderte wie Hunderte anderer Menschen durch die schmale Straße, trank in einem Lokal ein Bier und stellte sich vor, was er mit der Laser-Pistole in der Tasche alles bewerkstelligen könnte. Was Manfred anordnete, das klappte auch. Unbewußt stieg sein Respekt vor diesem rätselhaften Mann. Bei ihm lag die wirkliche Macht, und Weber nahm daran teil. Endlich, endlich war er bei den Leuten, die das Sagen hatten.

Zwischen zwei und halb drei in jener Nacht, als der junge Dorian Weber schon schlief, herrschte bei fünf Automobilisten tiefe Ratlosigkeit und nicht geringe Verlegenheit.

Die wildesten Vermutungen wurden angestellt. Bei fünf Wagen gleich jeweils beide Hinterreifen platt – das roch doch zehn Meilen gegen den Wind nach vorsätzlicher Zerstörung. Welcher Art war denn überhaupt der Defekt? Selbst als man mit einer Taschenlampe die Reifen untersuchte, konnte man nichts entdecken.

Weber hatte den Beweis für die Wirksamkeit des Geräts erbracht. Nun konnten andere, weit weniger harmlose Möglichkeiten ins Auge gefaßt werden.

Unter der Rubrik »Vermischte Meldungen« brachte die »Neue Zürcher Zeitung« an einem Freitag auf Seite sieben die folgende Nachricht: »Schüsse auf den Intercity-Zug Zürich–Basel? Scheibe eines Erstklasswagens zertrümmert.«

Der Intercity Nummer 180 Chur–Basel, der Chur um 12 Uhr 24 verließ, um 13 Uhr 47 in Zürich eintraf, zehn Minuten später weiterfuhr und um 14 Uhr 56 in Basel ankam, wurde an einem 8. Juli Gegenstand einer polizeilichen Untersuchung. Ein Ereignis hatte Mißtrauen erweckt. Was war geschehen?

Die »Neue Zürcher Zeitung« schrieb, daß zwischen Altstetten

und Schlieren, kurz nach der Ausfahrt aus dem Zürcher Hauptbahnhof, Passagiere eines Raucherabteils Zeugen eines unheimlichen Ereignisses geworden seien. Mit einem Knall sei plötzlich ein Wagenfenster in Trümmer gegangen, zwei Sitze seien mit Scherben übersät worden.

Eine Luxemburgerin habe berichtet, daß in der oberen rechten Scheibenseite ein Loch entstanden war. Blitzschnell sei die junge Dame in den Mittelgang gestürzt und habe so dem Scherbenregen entrinnen können. Der Vorfall habe sich kurz nach vierzehn Uhr ereignet. Die aufgeschreckten Reisenden hätten sofort an einen Terroranschlag gedacht und nach einem Projektil gesucht; es habe jedoch keines gefunden werden können.

In Basel sei der Wagen von der Polizei unter die Lupe genommen worden. Auch sie habe nichts finden können, was den Verdacht auf einen Schuß begründet hätte. Aus Bahnkreisen sei zu vernehmen, daß am vorhergehenden Tag ein Zug eingetroffen war, der nicht weniger als drei zerstörte Scheiben aufwies.

Zwei Tage später meldete die Boulevard-Zeitung »Blick« unter dem Titel »Zug-Scheiben sind wegen Spannungen gebrochen« folgendes: »Das mysteriöse Scheibenbersten bei zwei SBB-Zügen ist mit Sicherheit nicht auf Schüsse zurückzuführen. Dies ergaben Untersuchungen der SBB an den beiden Wagen.«

Weiter hieß es: »Am Wochenende waren bei zwei Wagen verschiedener Züge die Scheiben aus zunächst unerklärlichen Gründen geborsten. Die Wagen wurden daraufhin in Basel abgehängt und untersucht. Es konnten aber keine Projektileinschläge gefunden werden. Auch das typische ›Spinnennetz‹, das bei Schüssen in Glas entsteht, fehlte. Vermutlich handelt es sich um Spannungsbrüche, die durch Temperaturschwankungen hervorgerufen werden. Interessant, so die SBB, sei aber, daß diese Schäden in letzter Zeit so häufig auftreten.«

In einem Restaurant im Kreis 4 der Stadt Zürich lachte sich ein

junger Mann mit blonden Haaren ins Fäustchen. Er dachte an die Laser-Kamera und daran, wie einfach es gewesen war, diese Löcher in die Scheiben zu »schießen«. Er hätte alle Fragen beantworten, alle Vermutungen zunichte machen können. Und die Polizei wäre aus dem Staunen nicht herausgekommen.
Dorian Weber faltete die Zeitung zusammen, stand auf, verließ das Lokal und schlenderte heimwärts. Es hatte aufgehört zu regnen, aber es war immer noch nicht wärmer. Er trug eine hellgraue Hose, ein rot-weiß gestreiftes Hemd und eine graue Lederjacke, die beinahe fünfhundert Franken gekostet hatte.
Es war ihm schnell klargeworden, daß Macht zu haben nicht genügte. Man mußte sie auch zeigen. Und er hatte sie, also hielt er auch nicht hinter dem Berg damit. Er hatte ein gutes Salär, und für jeden Auftrag bekam er eine Extraprämie. In wenigen Monaten hatte er soviel Geld verdient wie in seinem ganzen bisherigen Leben nicht.
Er öffnete die Wohnungstür, knipste das Licht an – und erstarrte. Manfred stand vor ihm.
»Die Schlösser an diesen alten Türen taugen nicht viel«, sagte Manfred mit einem leisen Lächeln auf den Lippen. »Ich habe mich jetzt wohl dafür zu entschuldigen, daß ich bei Ihnen eingedrungen bin. Also, entschuldigen Sie bitte.«
»Das hätten Sie auch einfacher haben können«, maulte Weber.
»Ich hatte meine Gründe«, entgegnete Manfred, ohne auf diese Gründe einzugehen. »Und ich habe mich entschuldigt. Das dürfte wohl genügen.«
Weber drehte sich wortlos um und ging ins Wohnzimmer. Manfred folgte ihm. »In der Küche steht ein Karton mit sechs Flaschen Bier. Den haben Sie sich redlich verdient. Es hat ja bestens geklappt«, schloß er und deutete auf die Zeitungen.
»Haben Sie etwas anderes erwartet?« fragte Weber aggressiv. Er hatte sich noch nicht von seinem Schreck erholt.

»Ehrlich gesagt nein. Sonst hätte ich Sie nicht mit dieser Aufgabe betraut.«

Manfred setzte sich in einen Sessel. Aus seiner Jackentasche holte er einen Umschlag und legte ihn auf den Tisch. »Ihre Prämie«, meinte er und deutete mit dem Kinn auf den Umschlag. »Ich bin sehr zufrieden.« Und übergangslos: »Nun, ich will Sie nicht lange aufhalten. Hier die nächste Aufgabe: Der Hauptbahnhof in Zürich ist ein Kopfbahnhof, das wissen Sie ja wahrscheinlich. Einfahrenden Zügen, die anschließend weiterfahren, muß also eine neue Lokomotive angekoppelt werden. Die neue Lok steht jeweils außerhalb des Bahnhofs bereit. Das ist der Moment für Ihren Einsatz. Der Intercity Nummer 381, der den Hauptbahnhof um 11 Uhr 04 in Richtung Chiasso verläßt, wird normalerweise von einer Lok des Typs Ae 6/6 geführt. Sobald sie zum Ankoppeln einfährt, treten Sie in Aktion. Die Maschine wird einen Kurzschluß-Defekt haben – durch Sie, Herr Weber. Man muß die Lok abschleppen und eine neue bereitstellen, was gar nicht so einfach ist. Zugverspätungen werden die Folge sein, nicht zu vergessen das Durcheinander, das durch diesen Zwischenfall entsteht.«

Weber fuhr sich mit der Zunge über die trockenen Lippen. »Eine Lokomotive?« murmelte er gedehnt. »Warum ...«

»Weil ich es sage«, fiel ihm Manfred ins Wort. Das Lächeln war verschwunden. Die eng beieinander stehenden Augen blickten kalt und hart.

Dann wird es halt eine Lokomotive sein, dachte Weber. Warum nicht? Sie würde ihm kaum mehr Widerstand entgegensetzen als alle bisherigen Objekte.

An diesem Tag mußten sich die Reisenden des IC 381 mit einer halbstündigen Verspätung abfinden. Die Verantwortlichen der Schweizerischen Bundesbahnen standen vor einem Rätsel. Gerade als die Lok über eine Weiche fuhr, hatte es einen Knall gegeben, wie er bei einem Kurzschluß entsteht.

Zuerst hatte man die Ursache bei der Weiche gesucht. Danach suchte man Sündenböcke. Es gab keine. Die Leute in der Werkstatt und das Fahrpersonal hatten beste Arbeit geleistet. Niemand beachtete den Mann, der mit einer Kamera am Ende des Bahnsteiges stand. Es kam immer wieder vor, daß Eisenbahnfans fotografierten. Aber es kam nie vor, daß deswegen eine Lok stillstand. Wer hätte jedoch die Kühnheit gehabt, beides in Zusammenhang zu bringen?

Kurze Zeit später hatte Weber ein Schlüsselerlebnis. Er schlenderte den Bahnsteig, von dem aus er die Lokomotive außer Gefecht gesetzt hatte, zurück. Er suchte in seinen Taschen nach einer Zigarette.

Spurlos gingen solche Aktionen nicht an ihm vorbei. Immerhin hatte er etwas Verbotenes getan, da gab es keine Diskussion, und er war kein abgebrühter Krimineller. Er ging auf einen Kiosk zu, da hörte er plötzlich ein lautes Kreischen. In der Bahnhofshalle wimmelte es um diese Zeit von Menschen. Und einer von ihnen schrie. Es war weder das Geschrei eines Betrunkenen noch ein Jubelgeschrei.

Weber schaute sich um. Ein mageres, blondes Mädchen zerrte einen Jungen mit langen, verfilzten Haaren am Arm. Das Mädchen schrie etwas, das Weber nicht verstand. Der Junge riß sich los, sein Arm schnellte hoch, und die Hand knallte dem Mädchen ins Gesicht, als wäre alles eine einzige Bewegung gewesen. Dann ging der Junge, scheinbar unbeteiligt, weiter.

Die Blonde keuchte schluchzend. In der linken Hand hielt sie eine grüne Plastiktüte mit der Aufschrift eines Warenhauses. Sofort hatte sich eine Menge um sie herum gebildet, die das Schauspiel stumm betrachtete.

Das Mädchen gab sich einen Ruck und lief plötzlich los. Mit tränenüberströmtem Gesicht schrie es unverständliche Worte, und als es den jungen Mann erreicht hatte, schlug es ihm mit

kaum für möglich gehaltener Schnelligkeit die Plastiktüte über den Kopf.
Der Junge schwankte, aber wieder hob er in einer nur im Ansatz wahrgenommenen Bewegung den Arm, und das Mädchen stürzte. Mit gebeugtem Oberkörper kniete es am Boden, Speichel und Tränen tropften von seinem Gesicht.
Weber wandte sich ab, verlangte im Kiosk Zigaretten und bezahlte zitternd. Seine Knie waren weich wie nach einer großen Anstrengung. Nahe dem Ausgang Museumsstrasse setzte er sich auf eine Bank. Mit flatternden Fingern zündete er sich eine Zigarette an.
Ein paar Meter weiter hockte das Mädchen am Boden, von Wut und Verzweiflung geschüttelt, ein Bild des Jammers. Langsam begann das Volk sich zu zerstreuen.
Eine Drogenabhängige vielleicht, eine, die von einem Dealer Stoff wollte und kein Geld hatte; vielleicht eine, die von ihrem Zuhälter auf den Strich geschickt wurde. Es gab unzählige Möglichkeiten, aber der Eindruck des völligen Verlorenseins und des Nichts blieb.
Weber fühlte mit dem Mädchen, als ginge dessen Schicksal ihn persönlich an. War er nicht vor noch nicht allzu langer Zeit in einer ähnlichen Lage gewesen? Hatte er nicht oft mit dem Gedanken gespielt, sich Drogen zu verschaffen, um die Aussichtslosigkeit seines Lebens zu vergessen? Hatte er nicht sogar einmal daran gedacht, seinem Leben ein Ende zu setzen, für das kein Sinn zu sehen war?
Nur eine unerklärliche gütige Macht hatte ihn davor bewahrt.
Ebensogut könnte er dort am Boden hocken, verschmutzt und vernichtet, der letzte Dreck, an den niemand auch nur einen Funken Mitleid verschwenden würde.
Plötzlich hielt er es nicht mehr aus. Er sprang auf, lief aus dem Bahnhof und zu seinem Wagen, der beim Landesmu-

seum geparkt war. Hastig, wie auf der Flucht, riß er die Tür auf. Behutsam legte er die Tasche mit der Kamera auf den Nebensitz.

Genau in diesen Minuten hatte er sich stärker denn je – wenn auch völlig unbewußt – an Manfred angeschlossen. Was weder Geld noch Drohungen bewirkt hatten, brachte ein Ereignis zustande, das nichts mit Manfred und auch nichts mit Weber zu tun hatte.

Nur eines war dem jungen Mann klar: Er war nicht in der Gosse versunken, er hatte Geld, er konnte mit seinem Leben etwas anfangen. Einem einzigen Menschen hatte er dies zu verdanken: Manfred.

Zu Hause öffnete er eine der Flaschen Bier, die Manfred ihm gebracht hatte. Er leerte sie fast in einem Zug. Danach öffnete er eine zweite und setzte sich ins Wohnzimmer. Das Erlebnis im Hauptbahnhof beschäftigte ihn immer noch, aber er versuchte, es aus seiner Erinnerung zu verdrängen. Wie um sich zu beweisen, daß er gegen so etwas unverletzlich war, faßte er plötzlich einen Entschluß.

Er war nie in der Lage gewesen, sich ein Konto einzurichten, und auch heute noch hielt ihn eine Art Schwellenangst davon ab, eine Bank zu betreten. Das Geld, das er mit seiner Tätigkeit bei Manfred verdient hatte, bewahrte er in einer alten Suppenschüssel aus Porzellan auf, die ganz hinten auf dem Küchengestell neben längst nicht mehr gebrauchtem Geschirr stand.

Er kletterte auf einen wackligen Küchenstuhl und nahm sieben Hundertfrankenscheine aus der Schüssel. Er mußte beweisen, daß er nicht zu dem Elend gehörte, das er vorhin am Bahnhof gesehen hatte.

In der Tiefgarage des Warenhauses »Jelmoli« parkte er den Golf. Dann schlenderte er zur Bahnhofstrasse hinüber. Er ließ sich Zeit. Er betrachtete die Leute, vor allem die Frauen.

Mir geht es gut, verdammt noch mal, mir geht es gut, dachte er immer wieder, schaut doch her, wie gut es mir geht. Er sagte es in Gedanken vor sich hin, denn das jämmerliche Bild des gedemütigten Mädchens schob sich immer wieder in seine Erinnerung.
Aber auch das Bild eines anderen Mädchens war immer wieder aufgetaucht: das Bild von Alaska. Er konnte sie nicht vergessen, so mies ihre Gesinnung auch gewesen sein mochte. Manfred gegenüber hatte er sie nicht mehr erwähnt. Er hätte ihm nicht weitergeholfen. Im Gegenteil. Er hatte sie absichtlich verschwinden lassen wie ein Zauberer auf der Bühne.
Es war ihre Liebe – auch wenn es nur eine scheinbare gewesen war –, ihre Berührung, ihre Wärme, die noch in ihm steckte, weil er nie zuvor so etwas gespürt hatte.
In einem Herrenbekleidungsgeschäft betrachtete er die Angebote. Er streifte an den Gestellen mit den Hemden entlang; seine Finger strichen über die Krawatten. Er beschloß, nicht zur Bank zu gehen. Er wollte Kleidungsstücke kaufen, zu denen eine Krawatte paßte. Er hatte noch nie eine besessen.
Eine Verkäuferin kam auf ihn zu. »Kann ich Ihnen helfen?«
Die Frau trug ein dunkelblaues, enganliegendes Kleid und eine lange Goldkette. Sie hatte dunkles Haar und schön geschwungene, ausgeprägte Augenbrauen.
»Ich möchte einen dunkelblauen Anzug.«
»Kommen Sie, das finden Sie gleich da drüben.«
Eine Stunde später hatte er einen Anzug gekauft, außerdem einen hellgrauen Blazer aus feinster Wolle, ein mit dezenten roten Streifen durchsetztes Hemd und eine dazu passende Krawatte.
Die Verkäuferin hatte alles auf einen Verkaufstisch gelegt und die jeden Tag unzählige Male gestellte Frage an ihn gerichtet: »Haben Sie sonst noch einen Wunsch?«
Statt der üblichen Antworten bekam sie eine zu hören, die sie völlig überraschte. Weber sah auf das Namenstäfelchen über

ihrer linken Brust, auf dem »S. Sollberger« stand, dann schaute er ihr direkt in die Augen. »Ich möchte Sie wiedersehen«, sagte er.

Sylvia Sollberger war dreiundvierzig Jahre alt, seit elf Jahren geschieden und hatte einen Freund, mit dem sie jedoch nicht zusammenlebte. Sie hatte auf der eigenen Wohnung bestanden und sich zur Heirat – um die ihr Freund sie schon seit langem bat – bisher nicht entschließen können.

Sein spontaner Entschluß, diese ihm völlig unbekannte Frau um ein Rendezvous zu bitten, hatte Dorian Weber selbst zunächst ebenso überrascht wie Sylvia Sollberger. Aber gleichzeitig erfüllte ihn ein grenzenloser Tatendrang. Mit der Unerschütterlichkeit desjenigen, der plötzlich genau weiß, was er will, hielt er die Verkäuferin mit seinem Blick gefangen.

Die fordernde und doch scheue Direktheit des jungen Mannes berührte sie seltsam.

Ihr Verstand war wie ausgeschaltet, als sie Weber zum Lift, der ins Erdgeschoß und zur Kasse führte, begleitete. Sie vergaß ihren Freund und die sachliche Bestimmtheit, mit der sie nach der Scheidung ihr Leben in die Hand genommen hatte, sie fühlte nur, sie wurde begehrt.

Im Lift sagte sie: »Machen Sie einen Vorschlag.«

Eine lähmende Verlegenheit überkam Weber. Er hatte keine Erfahrung, kannte keine Lokale, in die man eine Frau wie diese hier hinführte. Sie fühlte seine Unsicherheit. Sie sagte: »Warten Sie morgen abend nach Ladenschluß auf der gegenüberliegenden Straßenseite. Ich werde kommen.«

An der Kasse diktierte sie dem Kassierer Warennummern und Beträge, die der Mann in das elektronische Gerät tippte. Während Weber bezahlte, legte sie die Kleider fein säuberlich zusammen und packte sie in eine große Plastiktasche.

Als er die Tasche nahm, strich er ihr sachte und wie unbeabsichtigt über die Hand. Dann ging er hinaus, begleitet von den

Dankesworten des Kassierers und einem Blick, den er auf seinem Nacken zu spüren glaubte.

Mit einer sanften Bewegung legte er das Bettlaken über sie, umschloß mit der Hand ihre Brust und küßte sie auf die Lippen. Lächelnd schob sie das Leintuch wieder weg und zog seinen Kopf auf ihren Körper.

Es regnete. Es war ein schräger, grauer Regen, der wie ein Vorhang an die Scheiben wehte. Weber seufzte glücklich. Hier drin, in seinem alten armseligen Schlafzimmer, war es gemütlich. Und er hatte die herrlichste Frau neben sich. Alle früheren Vorstellungen, Wünsche und Sehnsüchte waren wie ausgelöscht.

Eine Woche nach der ersten Begegnung hatten sie sich jeden Tag getroffen. Nach einer weiteren Woche war sie zu ihm gekommen.

Er hatte ihr erzählt, daß er als Ungelernter lange arbeitslos gewesen sei, daß er jetzt jedoch eine recht gute Stelle habe. Aber er sei sich nicht sicher, ob das immer so bleiben werde. »Ich kann dir nicht viel bieten«, sagte er, eng an ihren Körper geschmiegt. »Ich habe eine gutbezahlte, aber unsichere Stelle, aber ich liebe dich über alles. Das ist es, was ich dir geben kann.«

Sie zog seinen Kopf zu sich herauf und sah ihm in die Augen. »Auch ich liebe dich über alles, sonst wäre es nie so weit gekommen«, sagte Sylvia. »Ich habe eine gutbezahlte und sichere Stelle. Also denken wir nicht weiter darüber nach. Ich bin immer für dich da, Dorian, immer.«

Nach einer Weile stand sie auf und begann sich anzuziehen.

»Wohin gehst du?« fragte Weber.

»Es ist bald zwei Uhr, Liebling. Ich muß morgen arbeiten.«

»Ich bringe dich nach Hause.«

»Ich hab' doch meinen eigenen Wagen. Du bleibst schön liegen. Morgen abend sehen wir uns wieder. Dann bleibe ich das ganze Wochenende hier.«

Aber er blieb nicht liegen. Er setzte sich auf. »Ich habe mich bis jetzt nicht getraut, zu fragen, und ich traue mich auch jetzt kaum, weil ich mich vor der Antwort fürchte. Aber ich muß es wissen. Sylvia, gibt es einen Mann, der auf dich wartet?«
Mitten in den Bewegungen hielt sie inne.
»Es gibt einen«, antwortete sie leise. »Und er will mich heiraten.«
Weber stürzte auf sie zu, umschlang sie mit beiden Armen und preßte sie so an sich, daß sie mit einem scharfen Geräusch den Atem ausstieß.
»Tu's nicht«, bat Weber mit erstickter Stimme. »Bitte, tu's nicht. Ich heirate dich auf der Stelle, wenn du das möchtest. Du weißt alles von mir«, sagte er gepreßt. »Jetzt liegt es an dir.«
»Ich liebe dich auch ohne Trauschein«, sagte Sylvia. »Und ich werde den anderen nicht heiraten. Noch nie habe ich das so genau gewußt wie heute.«

Kurz vor drei Uhr stellte sie den Wagen auf dem reservierten Parkfeld vor dem Haus ab, in dem sie wohnte. Sie stieg aus und ging zur Haustür. Als sie den Schlüssel ins Schloß steckte, hörte sie, wie eine Autotür zugeschlagen wurde. Sie achtete nicht weiter darauf. Sie stieß die Haustür auf und hielt erschrocken inne. Schritte kamen auf sie zu. Männerschritte.
Unter der schwachen Beleuchtung über der Haustür erkannte sie ihn. »Du, Erich?« fragte sie tonlos.
Der Mann versuchte ein Lächeln. Er war etwa fünfzig Jahre alt und trug eine Brille mit dunklem Gestell. Seinen Kopf umgab nur noch ein spärlicher Haarkranz. Er hieß Erich Hoffmann, und er war es, der Sylvia Sollberger heiraten wollte.
»Ich habe auf dich gewartet«, sagte er.
»Du hast die ganze Zeit gewartet?«
»Ich habe dir immer wieder telefoniert, aber du hast dich nie gemeldet. Nachher bin ich hierhergefahren und habe gewartet.

Ich habe dich seit vierzehn Tagen nicht mehr gesehen, und ich war beunruhigt. Das ist doch verständlich, nicht wahr?«
Sie schwieg.
»Darf ich hereinkommen?«
Noch nie hatte er das gefragt, nie hatte er es fragen müssen. Es war immer selbstverständlich gewesen. Doch heute stand etwas zwischen ihnen, unausgesprochen und unsichtbar.
Sie nickte als Antwort.
In der Wohnung faßte er ihre Hand, aber sie entzog sie ihm wieder. »Du weißt, wo die Flaschen stehen. Schenk dir ein«, sagte Sylvia und zog den Regenmantel aus.
Er schenkte sich nichts ein. Er setzte sich in einen Sessel. Er wollte von ihr hören, daß seine Besorgnis umsonst gewesen war, daß es eine natürliche Erklärung dafür gab, daß sie sich nicht mehr hatte blicken lassen.
Früher war ihr Verhältnis unkompliziert gewesen. Sie hatten sich zwei-, dreimal pro Woche getroffen, sie waren essen gegangen, und dann war sie zu ihm oder er zu ihr gekommen.
»Wo bist du gewesen, Sylvia, und was ist mit dir los?« fragte er. »Wenn du sagst, du hast alleinsein wollen, was jeder Mensch einmal braucht, dann respektiere ich das, das weißt du. Wenn du sagst, daß du nicht allein gewesen bist, möchte ich wissen, was es zu bedeuten hat. Ich will dich heiraten, vergiß das nicht. Daran hat sich nichts geändert.«
Er war Prokurist in einer Großbank, er konnte ihr Sicherheit und ein geregeltes Leben bieten. Mit ihm hatte sie alle Annehmlichkeiten und keine Sorgen. Von ihm würde sie nie hören müssen, daß seine Stellung nicht sicher sei und er vielleicht bald auf der Straße stehen werde. Es würde ein ruhiges Leben mit ihm, wie man es mit zunehmendem Alter zu schätzen wußte.
Aber von ihm würde sie auch nie jene Worte zu hören bekommen, die Dorian Weber ihr voll überbordender Liebe sagte.
»Ich war nicht allein, Erich«, sagte sie. »Es ist schwierig, das

alles mit Worten zu erklären. Es war wie eine Explosion. Frag mich nicht, wer es ist. Ich möchte immer mit ihm zusammensein, das weiß ich ganz genau. Bei ihm kann ich mich vergessen, und das ist etwas unendlich Schönes. Noch nie in meinem Leben habe ich so etwas gespürt. Ich werfe mich nicht weg, wenn du das meinst. Ich weiß genau, was ich tue, und ich will es tun.«
Sie blickte auf und schaute Hoffmann ins Gesicht.

»Es wäre nicht gut mit uns gegangen, Erich«, sagte sie. »Ich weiß, daß ich dir weh tue, und ich kann mir vorstellen, wie es mir erginge, wenn jemand das gleiche zu mir sagen würde. Aber ich finde, daß Schmerzen ehrlicher sind als Heuchelei.«

Hoffmann saß vornübergebeugt da. Die Niederlage schmerzte, auch wenn er sie hatte kommen sehen. Langsam hob er den Kopf. »Wahrscheinlich hast du recht. Es ist dein Leben.« Er stand auf. »Ich wünsche dir alles Gute«, sagte er und verließ die Wohnung.

Sylvia blieb sitzen, bis sie das Auto wegfahren hörte. Dann sprang sie auf und lief zum Telefon.

»Warst du im Bett?« fragte sie.

»Ja«, antwortete Dorian Weber. »Aber ich konnte nicht schlafen. Alles riecht nach dir, du bist in meinem Kopf, in meinem Blut, einfach überall. Es ist so, als wärst du gar nicht weggegangen.«

»Ich bin auch nicht wirklich weggegangen, Liebling.«

»Ist etwas passiert?« fragte er. Plötzlich klang seine Stimme ängstlich.

Sie überging seine Frage, und doch war das, was sie sagte, so etwas wie eine Antwort. »Ich gehöre nur dir, Dorian. Nur dir. Jetzt erst recht.«

»Ich liebe dich, Sylv.«

»Ich dich auch. Bis morgen.« Langsam legte sie den Hörer auf die Gabel.

Sie fühlte sich so glücklich wie noch nie. Doch sie hatte einem

Menschen Schmerzen zufügen müssen, und das minderte das Glück ein wenig. Aber sie war überzeugt, das einzig Richtige getan zu haben.
Im Bad zog sie sich aus, stopfte die Kleider in die Wäschetruhe und ging unter die Dusche. Lange und ausgiebig wusch sie das alte Leben von sich ab.
Sie dachte dabei an Dorian Weber und daran, daß er und sie einen Traum hatten in die Gegenwart mitnehmen können. Nicht viele Menschen konnten das von sich behaupten.

Inspektor Dominik Vonderau hatte es sich auf dem Sofa bequem gemacht. Eine Flasche Wein stand neben ihm, und ein kleiner Stapel Zeitungen wartete seit zwei Tagen darauf, gelesen zu werden. Vera Schneider schlief bereits.
Er dachte manchmal an Dorian Weber, und jedesmal spürte er dabei eine leichte Unruhe, als ob er eine Arbeit unerledigt zurückgelassen hätte. Einmal, wenn der Augenblick gekommen war, würde er diese Unruhe aus der Welt schaffen müssen. Er faltete die erste Zeitung auseinander.
Irgendwann in dieser Nacht las er von dem mysteriösen Defekt einer Lokomotive im Zürcher Hauptbahnhof. Er las darüber hinweg. Erst ein paar Minuten später stutzte er. Er blätterte zurück und las die Meldung noch einmal. Nachdenklich ließ er die Zeitung sinken.
Wieder einige Minuten später huschte er aus der Wohnung, die Treppe hinunter, in den Keller. Dort wurden alte Zeitungen und Zeitschriften aufbewahrt, die ein Altpapierhändler regelmäßig abholte.
Vonderau gab sich Mühe, trotz seiner flatternden Ungeduld systematisch vorzugehen. Zeitung um Zeitung nahm er von den Stapeln, blätterte sie durch und fand endlich, was ungenau in seine Erinnerung gepocht hatte.
»Schüsse auf den Intercity-Zug Zürich–Basel?« Vonderau

nahm die Zeitung mit in die Wohnung. Er las die Meldung aufmerksam durch, verglich sie mit der Nachricht über die defekte Lokomotive. Da wie dort war die Ursache unbekannt, ja unerklärlich.

Plötzlich erinnerte er sich an etwas, das Vera ihm gegenüber einmal erwähnt hatte, der es wiederum von einem Kollegen erzählt worden war. Auf einem Parkplatz vor dem Hechtplatz-Theater, in unmittelbarer Nähe des Nachtlokals »Terrasse«, waren eines Nachts an fünf Autos die Hinterreifen beschädigt worden. Und zwar jeweils beide. Einer der Autobesitzer hatte die Polizei eingeschaltet. Auch hier: Ursache unbekannt.

Die Worte von Professor Henggeler kamen ihm in den Sinn. »Schon heute«, hatte der Professor gesagt, »ist es möglich, ein Gerät herzustellen, das einen Menschen kampfunfähig macht, Autoreifen anbohrt oder Löcher in Benzintanks brennt. Diese Geräte sind batteriegespeist und können in der Hosentasche verstaut werden.«

Vonderau zündete sich eine Zigarette an. Plötzlich fiel ihm noch etwas ein. Wieder lief er in den Keller, wühlte die Zeitungsstapel durch. Als es von einer Kirche zwei Uhr schlug, hatte er die gesuchte Illustriertenreportage gefunden: Es war ein Bericht von den Manövern des Feldarmeekorps 4. Fast genüßlich wurde da unter anderem berichtet, wie ein Panzer 68 mit der Nummer M78037 mitten auf der Notbrücke liegengeblieben war und den Fortgang der ganzen Übung in Frage gestellt hatte. Ein Zündungsschaden sei vermutet worden, doch etwas Genaues habe nicht in Erfahrung gebracht werden können.

Sollte es hier einen einzigen großen Zusammenhang geben? Lag die Ursache für alle diese Ereignisse in einer unscheinbaren ehemaligen Schlosserwerkstatt in der Quellenstrasse? Und vor allem: Hatten Dorian Weber und dieser geheimnisvolle Manfred die Finger im Spiel? Was hatten diese verdammten Leisetreter eigentlich vor?

Vonderau sinnierte, spekulierte und spielte mit Möglichkeiten, bis ihm der Schädel rauchte. Dann sah er nur noch einen Weg. Wenn es ein falscher war, konnte er gleich den Hut nehmen.

Schon kurz nach acht Uhr am nächsten Tag stand Vonderau wieder vor der Eidgenössischen Technischen Hochschule an der Rämistrasse. Der Professor habe erst um neun Vorlesung, wurde ihm gesagt, aber normalerweise komme er früher.

Vonderau wartete im Freien vor dem großen Gebäude, rauchte, bis ihm der Hals weh tat, und sah ein paar Minuten nach halb neun die hagere, leicht gebeugte Gestalt des Wissenschaftlers die Straße überqueren. Vonderau ging auf ihn zu.

»Erinnern Sie sich noch an mich?«

»Aber klar«, bestätigte Henggeler. »Sie können sich wohl gar nicht genug erschrecken lassen von dem, was man mit Laser alles machen kann, was?«

Noch vor der Eingangstür wurde Vonderau los, was er auf dem Herzen hatte.

»Ich weiß, was Sie meinen«, murmelte der Professor und starrte auf seine Schuhspitzen. »Möglich ist das, was Sie vermuten. Vielleicht gibt es aber für alles auch eine ganz plausible Erklärung. Vielleicht ist das Ganze wirklich nur eine dramatische Häufung von Zufällen.«

»Vielleicht«, meinte Vonderau. »Aber gerade diese vielen Vielleichts sind der springende Punkt, oder nicht?«

»Genauso ist es.«

Mit diesen Worten stapfte er weg und ließ Vonderau mit seinen Vermutungen allein.

Einen Augenblick stand der Inspektor bewegungslos da. Dann gab er sich einen Ruck. Er klaubte alles Kleingeld im Portemonnaie zusammen, ging zur nächsten Telefonkabine und rief Otto Weiss an.

»Chef«, sagte er, »ich brauche einen Freipaß von dir, aber es sollte, wenn möglich, niemand etwas davon erfahren.«

»Wir sind dafür bekannt, daß wir Unmögliches möglich machen«, sagte Weiss. »Erzähl mal.«
»Ich habe keine Beweise, ich habe nur neue Verdachtsmomente.«
»Okay, schieß los.«
Vonderau erzählte, was ihm aufgefallen war. Er leierte es beinahe ohne Punkt und Komma herunter, als lese er die Zeitungsartikel vor. »Ich brauche jede Unterstützung, die du mir verschaffen kannst.«
»Was hast du im Sinn?«
Vonderau sagte es ihm.

»Sehe ich dich morgen?« fragte Dorian Weber. Er saß im Bett und schaute Sylvia Sollberger zu, die vor dem altmodischen Schrank mit dem großen Spiegel stand und ihre langen dunklen Haare bürstete.
»Ich muß morgen abend unbedingt meine Mutter besuchen«, antwortete sie. »Sie ist jetzt vierundachtzig. Normalerweise gehe ich jede Woche einmal kurz bei ihr vorbei. Nun bin ich schon drei Wochen nicht mehr bei ihr gewesen.«
Weber sprang aus dem Bett, lief zu ihr hin und umschlang sie mit beiden Armen. »Sei mir nicht böse«, murmelte er in ihr Haar. »Ich möchte eben, daß du immer bei mir bleibst.«
»Diese Zeit wird kommen, Liebster. Aber wir leben nicht allein auf der Welt.«
Vor dem Auto küßte sie ihn auf den Mund, strich ihm übers Gesicht und sagte: »Ich ruf dich an. Bald bin ich wieder bei dir.«
»Ich warte auf dich, auf nichts anderes als nur auf dich.«
Sie fuhr weg. Er ging zum Haus zurück.
Aus der Schwärze der Hofeinfahrt löste sich ein Schatten. Manfred nahm ihn am Arm, stieß die Haustür auf und sagte: »Kommen Sie ganz ruhig mit nach oben.«

Weber war ruhig. Er arbeitete für Manfred – und seit er Sylvia Sollberger kannte, war er dafür dankbarer denn je –, er hatte alle Aufträge bestens erledigt, warum also sollte er nicht ruhig sein?

Im Hinaufgehen sagte er: »Das hätten Sie auch weniger dramatisch haben können.«

Manfred schwieg. Erst in der Wohnung fragte er: »Wer ist die Frau?«

Weber sagte es ihm, ohne zu zögern. »Sie weiß, daß ich in der Quellenstrasse arbeite, mehr nicht. Wirklich nicht. Sie haben mir Alaska genommen, lassen Sie mir wenigstens diese Frau.«

Manfred brauchte nicht zehn Sekunden, um sich zu entscheiden. Es gab viele Gründe, Webers Wunsch zu entsprechen, und kaum einen dagegen. Aber diese Gründe kannte Weber nicht. Es war auch besser so.

»Klar«, gab sich Manfred versöhnlich. »Nur keine Bange. Wenn Sie sagen, daß sie okay ist, dann glaube ich das. Nun zur Arbeit, Herr Weber, denn es gibt nicht nur die Liebe. Alles zu seiner Zeit, nicht wahr?«

»Ist mir völlig klar.«

Aus einer Tasche, die Weber vorher gar nicht wahrgenommen hatte, nahm Manfred einen Gegenstand, der halb wie eine Kamera und halb wie eine Maschinenpistole aussah. Ein Kabel hing daran, an dessen Ende ein Stecker befestigt war. Er steckte ihn in eine Steckdose und sagte: »Löschen Sie das Licht und öffnen Sie das Fenster.«

Von der Wohnung aus war ein Teil der Büroräume zu sehen, die zu der Autozubehörfirma gehörten. Die Fenster waren mit Metallrahmen eingefaßt.

Manfred drückte Weber den Apparat in die Hände. »Durch das Infrarotzielgerät können Sie das Objekt deutlich sehen. Stimmt's?«

»Ja, beinahe so klar wie am hellen Tag.«

»Sie nehmen jetzt einen der Metallrahmen ins Visier, drücken auf den Auslöser und fahren den Rahmen entlang. Alles klar?«
Weber nickte.
»Dann los.«
Es dauerte nur ein paar Sekunden, bis Weber sagte: »Das ist erledigt. Und jetzt?«
Von der Wohnung aus war auch ein Teil der Leuchttafel mit der Firmenaufschrift zu sehen.
»Zielen Sie darauf.«
»Ich hab's vor mir«, sagte Weber.
»Drücken Sie ab.«
Gleichzeitig mit dem Befehl erlosch das Licht.
Manfred nahm ihm das Gerät aus der Hand, zog den Stecker heraus und verstaute alles wieder in der Tasche.
»Die werden dieses Fenster nie mehr öffnen können«, sagte er. »Das ist wie zugeschweißt. Und eine neue Reklametafel werden sie sich auch anschaffen müssen.«
Er war überzeugt gewesen, daß es funktionierte; es hatte nur der Beweis gefehlt. Der war nun erbracht. Es war ein weiterer Punkt im Testprogramm gewesen. Ein riesiges Spektrum für diese Art von »sanftem Terror« tat sich auf.
Türen von Lokomotiven, Flugzeugen, Autos und vielem mehr bestanden aus Metall. Ganze Stadtteile konnten in tiefe Dunkelheit versetzt werden, wenn mehrere Leute gleichzeitig am Werk waren.
Manfred lächelte, und zum erstenmal lächelte er richtig. Eckig wie ein Kleiderständer und hart wie ein Pfändungsbeamter war er Dorian immer vorgekommen. Nun war alles von ihm abgefallen. Er wirkte gelöst und befreit, beinahe sympathisch.
Aus der Jackentasche zog Manfred ein Kuvert hervor und legte es auf den Tisch. »Was drin ist, wissen Sie nun mittlerweile«, meinte er. »Jetzt gibt es noch etwas zu tun.«
Es war nur eine Kleinigkeit, beinahe überflüssig. Aber Resul-

tate, die in der Praxis erarbeitet wurden, gaben mehr Sicherheit als solche, die nur in der Theorie stimmten.
»Was ist es denn?«
Manfred sagte es ihm. Dann ging er, und Weber öffnete das Kuvert. Fünftausend Franken kamen zum Vorschein. So viel? fragte sich Weber überrascht, aber er fragte es sich nicht lange.

Sie trafen sich vor dem Gebäude der Kantonspolizei. Die Polizeiassistentin Eva Kalt trug grüne Cordhosen und eine grüne Lederjacke und hatte kurzgeschnittene blonde Haare. Der Detektiv war fünfundzwanzig Jahre alt und hieß Peter Baumann. Er fuhr oft nervös mit der Zunge über die trockenen Lippen. Vonderau fragte sich, warum ausgerechnet dieser junge Mann für das Unternehmen abkommandiert worden war. Nun, irgendwann mußte sich jeder seine Sporen verdienen.
Eva Kalt fuhr einen dunkelgrünen VW, Baumann einen weißen Alfa Romeo, Vonderau seinen privaten BMW. Alle Wagen waren mit Telefon ausgestattet.
»Sie«, sagte Vonderau zu der Assistentin, »sind zuerst an der Reihe. Sie parken das Auto dort, wo die Nietengasse in die Dienerstrasse einmündet, egal, ob es im Halteverbot ist oder nicht. Von dort aus können Sie den Hauseingang gut überblikken.
Und Sie«, wandte er sich an Baumann, »Sie stellen den Wagen vor der Autozubehörfirma ab. Sie wissen, wo das ist.«
»Ja, ja, kein Problem.«
»Ich habe Ihnen erklärt, um was es geht. Dieser Weber wird rund um die Uhr überwacht. Wohin er auch geht, einer von uns ist hinter ihm her. Sie beide haben keinen Sichtkontakt, dafür das Telefon. Jede Person, die ins Haus geht oder es verläßt, wird mir gemeldet und beschrieben. Ihr beide habt sowohl meine Wagentelefonnummer als auch meine private. Sind noch Fragen?«

Die Assistentin, die mit mahlenden Kiefern auf einem Kaugummi herumbiß, schüttelte den Kopf. Niemand hätte hinter ihr eine Assistentin der Kriminalpolizei vermutet.
Auch Baumann schüttelte den Kopf, daß die Haare fröhlich wippten. Er hoffte nur, daß es keine langweilige und ermüdende Überwachung werden würde.
»Ich bin jederzeit erreichbar«, sagte Vonderau. »Denkt daran, daß es im Augenblick nichts gibt, was wichtiger wäre. Es liegt zum großen Teil in eurer Hand. Macht's gut.« Er stieg in sein Auto und fuhr weg. In seiner Wohnung nahm er das Telefon mit dem extra langen Kabel zu einem Sessel. Es war Samstagabend. Er schaltete den Fernseher ein und drückte die Programmtasten, bis er einen Spielfilm erwischte. Bequem lehnte er sich zurück. Jetzt konnte auch er nur noch warten.

Irgendwann schreckte er hoch. Er war eingeschlafen. Da war es wieder. Das Telefon schrillte.
»Weber hat soeben das Haus verlassen«, meldete Eva Kalt. »Er steigt in seinen VW Golf.«
»Folgen Sie ihm, und von jetzt an alle Meldungen an Baumann, okay?«
»Okay, Ende.«
Vonderau lief aus dem Haus und fuhr mit seinem Wagen in die Dienerstrasse. Er stellte das Auto ab und lief zu Baumann, der rauchend im Wagen saß.
»Schon irgendwelche Meldungen?« fragte er.
»Weber parkte auf dem Parkplatz vor dem Opernhaus. Dann überquerte er die Straße und verschwand im Kino Corso. Eva ist ihm nachgegangen und dürfte jetzt ebenfalls im Kino sitzen. Das ist vorläufig alles.«
»Gut«, sagte Vonderau mit gespanntem Gesichtsausdruck. »Ich werde jetzt in Webers Wohnung gehen. Sie bleiben hier und halten die Stellung.«

»Kann ich Sie irgendwie warnen, falls jemand auftaucht?«
Vonderau schüttelte den Kopf. »Dann wäre es bereits zu spät. Alles, was ich jetzt brauche, ist eine gehörige Portion Glück.«
Das Schloß an der Wohnungstür bot, wie er bereits wußte, keinen nennenswerten Widerstand. Vonderau drückte die Tür auf und holte eine kleine Taschenlampe aus der Jackentasche. Er kannte das, was er suchte, nicht. Aber er hatte eine Ahnung, wie es aussehen könnte, und darum hoffte er, nicht die ganze Wohnung auf den Kopf stellen zu müssen.
Man konnte nie alle Gegenstände wieder so hinstellen, wie sie vorher dagestanden waren. Kleine Unterschiede gab es immer, und die fielen dem Wohnungsinhaber sofort auf. Das hätte in diesem Fall Verdacht erweckt und alles in Frage gestellt.
Vonderau begann in der Küche. Er ließ den Strahl der Taschenlampe über den Boden, die Gestelle und Kästen gleiten – ohne Erfolg. Dann nahm er sich die Wohnstube vor. Auch hier nicht das, was er zu finden glaubte. Vorerst begnügte er sich mit einer oberflächlichen Suche. Der Gegenstand konnte unmöglich in der Zuckerdose oder in Schuhen versteckt sein.
Die Nachforschungen im Schlafzimmer ergaben das gleiche Resultat. Nun mußte er doch mehr ins Detail gehen und Schränke und Winkel absuchen. Er ließ sich auf die Knie nieder und leuchtete unter das Bett. Da stand sie, die schwarze Fototasche. Vonderau zog sie am Schulterriemen hervor, tastete sich dem Lichtstrahl entlang ins Wohnzimmer und zum Telefon.
»Gibt's Neuigkeiten?« fragte er Baumann.
»Gar keine. Offenbar hält sich Weber immer noch im Kino auf.«
»Hoffentlich«, meinte Vonderau. Er kauerte sich nieder und legte die Taschenlampe so auf den Boden, daß ihr Strahl auf die Tasche gerichtet war. Er öffnete sie. Es kam das zum Vorschein, was er erwartet hatte: die Laser-Pistole und die Laser-Kanone. Also doch.
Er nahm die Kamera und die Taschenlampe, ging in die Küche

und suchte in dem alten Küchenschrank, bis er eine verstaubte metallene Blumenvase entdeckte. Das Ding mußte noch von Webers Eltern stammen.
Er füllte die Vase mit Wasser und stellte sie in das Spülbecken. Jetzt mußte er ein Risiko eingehen: Er knipste das Licht an. In der Dunkelheit hätte er seinen Plan nicht ausführen können.
Er hob die Kamera ans Auge, visierte die Vase an und drückte ab. Dann hielt er sie in die Höhe. Aus einem kaum wahrnehmbaren Loch perlte ein feiner Wasserstrahl.
Also doch, dachte er wieder.
Er hätte noch weiter gehen können, aber er verzichtete darauf. Er hatte Phantasie genug, um sich auszumalen, was mit diesen Geräten alles zu machen war. Weber konnte jeden Augenblick zurückkommen. Vonderau wollte das Glück nicht zu sehr strapazieren.
Er verstaute alles wieder an seinem Ort, lief aus der Wohnung und aus dem Haus und kam gerade in dem Augenblick bei Baumanns Wagen an, als der Detektiv den Hörer des Autotelefons auflegte.
»Weber hat das Kino verlassen«, meldete der junge Beamte. »Eva hängt sich an.«
»Hat ihr der Film wenigstens gefallen?« fragte Vonderau.
»Sie hat ihn jetzt zum zweitenmal gesehen.«
Vonderau lachte erleichtert. Die lange Zeit der Erfolglosigkeit war jetzt vorbei. Er war den Scheißkerlen doch noch auf die Spur gekommen. Jetzt mußte die Aktion nur noch erfolgreich abgeschlossen werden.

Eine Woche vor den Sommerferien hatte das Wetter doch noch ein Einsehen. Hatte man noch kurz zuvor geglaubt, den Schnee zu riechen, so legte sich jetzt die Wärme wie eine schwere Decke über das Land.
Die Hemdärmel hochgekrempelt, saß Vonderau an diesem

Sonntagmorgen in seinem Wagen in der Dienerstrasse. Er hatte den jungen Baumann abgelöst.
Der mysteriöse Manfred war nie aufgetaucht, und es mochte tatsächlich stimmen, daß er sich bereits abgesetzt hatte. Andererseits war Weber noch in Aktion – das bewiesen die gefährlichen Geräte unter dem Bett –, und Vonderau wollte einfach nicht glauben, daß der Junge alles auf eigene Faust unternahm. Er mußte sich Gewißheit verschaffen.
Er ließ seine Gedanken wandern, döste vor sich hin, rauchte und verpaßte beinahe den Augenblick, als Weber aus dem Haus trat. Er trug Jeans und ein kurzärmeliges blaues Hemd. In der Hand hielt er die schwarze Fototasche.
Vonderau war sofort hellwach. Er rief Eva Kalt an, die in dem Käfer vor der Firma für Autozubehör saß.
»Ich klemme mich hinter den Jungen«, sagte er. »Sie bleiben hier und behalten das Haus im Auge. Sie halten mich auf dem laufenden, und wenn Sie irgendwelche Unterstützung brauchen, rufen Sie Baumann an. Er ist auf Pikett. Noch Fragen?«
»Nein, nein«, murmelte sie und schmatzte mit dem Kaugummi.
Die Fahrt ging quer durch die Stadt bis zur Autobahn, die am linken Ufer des Zürichsees entlang führt. Aber bereits vorher bog Weber ab nach der Allmend, jenem großen Stück Land außerhalb der Stadt.
Im hinteren Teil hielt werktags die Infanterie-Rekrutenschule Zürich Übungen ab. Aber jetzt war Sonntag. Im vorderen Teil gab es Sportplätze, und genau dorthin steuerte Weber.
Daraus wurde Vonderau überhaupt nicht klug. Führte Weber heute in seiner Tasche ganz gewöhnliche Fotoapparate mit? Kannte er jemanden von den Mannschaften, die dort Fußball spielten? War er vielleicht gar Mitglied eines Fußballklubs? Da gab es Lücken in Vonderaus Informationen. Wieder einmal zeigte sich, wie wichtig plötzlich jedes noch so scheinbar unwichtige Detail werden konnte.

Vonderau schlug die Tür seines Wagens zu. Vielleicht war er einer falschen Fährte gefolgt. Er wußte nicht, wer gegen wen spielte. Er hoffte nur, daß es wenigstens ein unterhaltsames Match werden würde, wenn er nun schon einmal hier war.

Es war das letzte Spiel zweier Mannschaften der 4. Liga in der zu Ende gehenden Saison. Vonderau hatte keine Ahnung, ob es um Abstieg oder Aufstieg oder um überhaupt nichts ging. In jungen Jahren war er selber aktiver Fußballer gewesen, und allmählich begann er das Spiel mit Interesse zu verfolgen.
Viel Volk stand um das Spielfeld herum. Es wurde applaudiert, wenn der eigenen Mannschaft etwas gelang, und es wurde gestöhnt, wenn etwas danebenging. Vonderau konnte mitfühlen. Er hatte alles noch zu gut in Erinnerung.
Plötzlich fiel ihm ein, weshalb er eigentlich hier war. Sein Blick strich über die Gesichter der Zuschauer. Es verging einige Zeit, bis er endlich Webers Blondschopf ausmachen konnte.
Er stand hinter einem der beiden Tore. Offenbar wartete er auf spektakuläre Torszenen, die sich allerdings nicht einstellten. Durch das Tornetz hindurch, dachte Vonderau, gibt es meistens keine guten Aufnahmen. Von der Seitenlinie aus, aber nahe der Grundlinie, hätte er einen besseren Blickwinkel gehabt.
Vonderau bewegte sich langsam zu dem Tor hin, hinter dem Weber stand. Der Junge hielt die Kamera in den Händen, den bunten Tragriemen um den Hals. Nach einiger Zeit stand der Inspektor nur etwa zwanzig Meter von ihm entfernt, von einigen Zuschauern verdeckt, hatte den jungen Mann aber gut im Blickfeld.
Zwei Spieler mit roten Trikots und weißen Hosen tauchten plötzlich auf. Nur ein Verteidiger stand ihnen gegenüber. Sie schienen selbst überrascht von der Situation und trugen die Aktion überhastet vor, so daß einer der Angreifer stolperte und der Verteidiger in Ballbesitz kam.

Er stand mit dem Rücken zu seinen Mitspielern. Den Bruchteil einer Sekunde überlegte er. Das Beste ist, so dachte er wohl, ich gebe den Ball zum Torhüter zurück. Mit dem Innenrist des rechten Fußes schob er den Ball in einem harmlosen Bodenroller sanft zu seinem Torwart. Der machte sich bereit, den Ball aufzunehmen. Er bückte sich, hatte die Hände in die typische Haltung gebracht – da machte er plötzlich eine merkwürdige Bewegung. Der Ball rollte dem Mann zwischen Händen und Beinen durch und über die Linie ins Tor.
Das darf doch nicht wahr sein! dachte Vonderau. Läßt dieser Trottel den Ball zwischen den Hosenträgern durch! Die deprimierendste Situation für einen Torwart, eigentlich eine, die gar nicht vorkommen dürfte. Ein Teil der Zuschauer heulte wutentbrannt auf.
In diesem Augenblick fiel Vonderaus Blick auf Weber, und in der gleichen Sekunde wußte er, was passiert war.
Ein dicker schwitzender Mann neben Weber sagte: »Da haben Sie ja ein Affenschwein gehabt. Genau den richtigen Augenblick haben Sie erwischt. Denkt ja auch kein Arsch daran, daß es aus einer solchen Situation heraus ein Tor geben könnte.«
»Nur ich habe daran gedacht«, lächelte Weber sanft.
»Ja, nur Sie. Oh, entschuldigen Sie. Das mit dem Arsch war natürlich nicht auf Sie gemünzt.«
»Ja, ja, schon gut.«
Als der Torwart sich bückte, hatte Weber abgedrückt. Der Laserstrahl hatte im Rücken des Mannes einen kurzen Schmerz verursacht. Noch immer konnte er nicht fassen, was geschehen war. Er hörte kein Wort von den Beschimpfungen, die seine heftig gestikulierenden Mannschaftskameraden ihm an den Kopf warfen. Er rieb sich gedankenverloren den Rücken und konnte sich nicht erklären, warum ihm das passiert war.
Die ganze Nacht über wurden Weber und das Haus beobachtet. Nichts passierte. Die Ereignislosigkeit machte die Bewacher

träge und müde. Zweifel stiegen wieder hoch. So kam der Montagmorgen.

Eva Kalt war abgelöst worden. Sie hatte ein paar Stunden zum Ausruhen dringend nötig. Vonderau hatte Baumann von dessen Standort wegbeordert. An einem Arbeitstag konnte er sowieso nicht vor der Autozubehörfirma stehen. Jetzt saß der junge Detektiv bei ihm im Wagen.

Als sich der Mann dem Haus näherte, beachteten sie ihn zuerst gar nicht. Er strebte so selbstverständlich darauf zu, daß sie annahmen, er sei ein Hausbewohner. Plötzlich zuckte es in Vonderaus Kopf. Deutlich wie ein Bild hatte er die Beschreibung des Mannes in Erinnerung, die Vera ihm einmal gegeben hatte.

»Das ist Manfred«, sagte er zu Baumann.

Der Beamte schreckte auf. »Was? Manfred? Wer ist denn das?«

Vonderau lächelte glücklich. Das war eine der schönsten Stunden seines Lebens. Der dubiose Leisetreter war also noch hier!

»Das ist Manfred«, wiederholte er.

Baumann sah den Inspektor verständnislos von der Seite an.

»Daß ich einmal so viel Glück hätte, habe ich nicht erwartet«, murmelte Vonderau.

»Was ist mit dem Mann?«

»Den schnappen wir uns.«

Baumann machte sich zum Aussteigen bereit, aber Vonderau hielt ihn zurück. »Ich will wissen, was er im Schilde führt.«

Während seines Aufenthaltes in Zürich hatte Manfred dreimal das Hotel gewechselt. Am Tag zuvor hatte er trotz strahlendem Sonnenschein im Zimmer gesessen, vor sich ein paar Blätter Papier, die er aufmerksam studierte. Punkt für Punkt ging er die handgeschriebenen Aufzeichnungen durch, zog gewissermaßen Bilanz. Seine Arbeit war beendet. Still und leise bereitete er seine Abreise vor.

Nun brauchte er nur noch das letzte Resultat des Testprogramms. Deshalb war er hier. Eine Viertelstunde rechnete er für die Sache mit Weber. Am Nachmittag würde er die Stadt auf Nimmerwiedersehen verlassen haben.

Unrasiert und ungekämmt öffnete der blonde Junge die Tür. Seit er Sylvia Sollberger kannte, zählten in seinem Leben nur noch die Abende, wenn er die geliebte Frau in den Armen hielt. Dann war er rasiert, gekämmt und fein herausgeputzt.

Mit der Selbstverständlichkeit eines Hofhundes, der einen alten Bekannten freudig wedelnd passieren läßt, ließ Weber Manfred eintreten. Durch ihn war er zu Geld gekommen, er hatte ihm die Möglichkeit gegeben, aus der Kälte in die Sonne zu treten. Hätte er es gekonnt, er hätte gewedelt.

»Wie war's?« fragte Manfred.

»Es hat geklappt, und wie es geklappt hat!« grinste Weber.

»Erzählen Sie!«

Weber erzählte, und am Schluß fragte Manfred: »Gab es irgendwelche Vorkommnisse?«

»Nicht die Spur.«

»Holen Sie die Tasche mit den Geräten«, befahl Manfred.

Weber brachte sie. »Wie geht's jetzt weiter?« fragte er.

»Ich melde mich wieder«, log Manfred und legte einen Umschlag auf den Tisch. Alles wie gehabt. Weber hatte keinen Grund, Fragen zu stellen.

Manfred verließ die Wohnung. Dem jungen Mann fiel nicht einmal auf, daß er dieses Mal keine Quittung hatte unterschreiben müssen. Wie Manfred gekommen war, so verschwand er auch wieder aus Dorian Webers Leben.

»Da ist er wieder«, stieß Baumann hervor, als Manfred aus der Toreinfahrt kam. Der Detektiv saß vornübergebeugt da, geduckt wie ein zum Beuteschlagen bereites Raubtier.

»Rufen Sie Weber an«, sagte Vonderau. »Hier ist seine Nummer. Wenn er sich meldet, verlangen Sie einen fiktiven Mann ans Telefon. Nennen Sie irgendeinen Namen. Weber wird sagen, daß Sie falsch verbunden sind. Sie entschuldigen sich und legen auf.«

Vonderau veranstaltete diesen Hokuspokus nur, um sicherzugehen. Es hätte ja sein können, daß dort oben etwas passiert war.

Noch während er seine Anordnungen gab, startete er den Motor. Schon um diese Zeit heizten sich die engen Gassen auf für einen neuen heißen Tag. Vonderau schwor sich, ein paar Tage an einem kühlen Ort mit viel Wasser zu verbringen, sobald er diese Sache hinter sich gebracht hatte.

Manfred ging mit der Entschlossenheit eines Menschen, der ein Ziel hat, aber doch nicht so schnell, als daß es wie eine Flucht aussah, zur Langstrasse und zur Straßenbahnhaltestelle der Linie 8 am Helvetiaplatz.

»Sie steigen aus und fahren mit«, sagte Vonderau hastig und hielt am Straßenrand, obwohl die Ampel Grün zeigte, was ein wildes Hupkonzert der Fahrer hinter ihm auslöste. »Ich folge mit dem Wagen, auch wenn ich alle Verkehrsvorschriften übertreten muß. Los, machen Sie schon!«

Dieses Mal, so hatte er sich vorgenommen, würde er die zwielichtige Gestalt nicht mehr aus den Augen verlieren, und wenn es ihn Kopf und Kragen kosten sollte.

Zweimal stieg Manfred aus und wechselte auf andere Linien. Vierzig Minuten später hatte er das Hotel, das etwas außerhalb des Stadtzentrums lag, erreicht.

Neben dem Gebäude befand sich ein kleiner Parkplatz mit der Aufschrift »Nur für Gäste«. Vonderau zählte sich dazu, wenn auch zu den ungebetenen. Nach einigen Minuten schlüpfte Baumann zu ihm in den Wagen.

»Er ist hineingegangen«, sagte er. »Was machen wir jetzt?«

»Jetzt überlegen wir erst einmal in aller Ruhe.«

In aller Ruhe überlegte auch Manfred. Es gab keinen Grund, übereilt zu handeln. Er zerlegte die Laserpistole in neun Einzelteile, die er in einem Koffer verstaute. Auf dem Flughafen würden sie von der Sicherheitskontrolle nicht erfaßt werden, da sie nur aus Plastik und Glas bestanden.
Die Kamera legte er in die Flugtasche. Auch bei näherem Betrachten käme kein Mensch darauf, um was es sich in Wirklichkeit handelte.
Es blieben noch die Aufzeichnungen. Er faltete einen Stadtplan auseinander, um die Eintragungen noch einmal zu prüfen. Einem unvoreingenommenen Menschen wäre nicht viel aufgefallen.
Verschiedene Gebäude wie das Stadthaus, das Rathaus, Sihlpost und Fraumünsterpost, einige Banken, die Polizeihauptwache an der Uraniastrasse und das Gebäude der Kantonspolizei an der Zeughausstrasse sowie der Hauptbahnhof waren jeweils mit einem Kreis eingerahmt.
Neben jedem Kreis befand sich eine kleine Ziffer, die auf einem separaten Blatt wieder auftauchte. Daneben waren Stichworte und Bemerkungen notiert – beispielsweise Öffnungszeiten, ob das jeweilige Gebäude bewacht wurde, Beschaffenheit der Türen und Fenster. Informationen, die auf den ersten Blick völlig sinnlos erschienen, bekamen in einem anderen und vor allem großen Zusammenhang eine nie vermutete Bedeutung. Nebensächlichkeiten konnten für einen Mann wie Manfred in einer gewissen Situation strategische Wichtigkeit erhalten.
Er verstaute den Stadtplan und die Aufzeichnungen in der Flugtasche. Sie wirkten auf den ersten Blick völlig harmlos – und einen zweiten Blick würde niemand darauf werfen.
Er trug sein Gepäck zur Rezeption hinunter, bezahlte die Rechnung und verabschiedete sich höflich von der Empfangsdame. Gleich darauf klingelte das Telefon. Neben der Anmeldung, etwa zwei Meter zurückversetzt, befand sich eine Treppe, die zu

den Toiletten hinunterführte. Manfred benutzte die Gelegenheit und huschte hinab.
Aus der Flugtasche nahm er die Perücke mit dem vollen gewellten Haar und setzte sie auf, ebenso die dunkle Hornbrille mit den Gläsern aus Fensterglas. Sein Jackett vertauschte er mit einem beigefarbenen Lumber. Das Jackett ließ er einfach am Kleiderhaken hängen.
Die Dame an der Rezeption telefonierte immer noch. Sie lachte unterdrückt und wandte Manfred den Rücken zu.
Er nahm den Koffer und verließ lautlos das Hotel.

Sie sahen den Mann aus dem Hotel kommen. Es war ganz klar, daß er abreiste, aber er entsprach nicht dem Bild, das sie von Manfred hatten.
Da es so offensichtlich war, ließ die konzentrierte Aufmerksamkeit nach ein paar Sekunden nach.
Plötzlich stieß der junge Detektiv Vonderau an und sagte: »Das ist unser Mann!«
»Was?«
»Das ist er, Manfred. Er hat sein Äußeres verändert, aber er trägt immer noch die gleichen Schuhe.«
»Sind Sie sicher?«
»Natürlich«, sagte Baumann eifrig. »Wissen Sie, meine Freundin ist Schuhverkäuferin. Sie schaut allen Leuten auf die Schuhe. Da läßt sich viel vom Charakter der Träger ablesen, behauptet sie. Sie hat mir auch beigebracht, daß ich ...«
»Kommen Sie«, unterbrach Vonderau Baumanns Ausführungen und stieß die Tür auf.
Manfred war ungefähr hundert Meter vom Hotel entfernt. Zielstrebig hielt er auf einen Taxistandplatz zu.
Lange bevor er einen der Wagen erreicht hatte, befanden sich Vonderau und Baumann links und rechts neben ihm. Er blieb abrupt stehen.

Vonderau hielt ihm seinen Ausweis hin. »Sie sind der Mann, der hier unter dem Namen Manfred agierte, nicht wahr? Sie drehen sich jetzt um und kommen mit uns zum Hotel zurück und auf Ihr Zimmer! Sollten Sie nicht unser Mann sein, dann habe ich später noch genügend Zeit, mich zu entschuldigen.«
Er traute der Sache nicht ganz. Auch aus der Nähe war er sich nicht sicher. Er hatte Manfred bisher nie von Angesicht zu Angesicht gesehen. Und nur wegen einem Paar Schuhe ...
Manfred starrte den Männern einige Sekunden lang ins Gesicht. Er ließ das Gepäck nicht fallen, und er zog keine Waffe, um sich den Weg freizuschießen, er dachte überhaupt nicht an Flucht. Er drehte sich wortlos um. Sie nahmen ihn wie einen guten Freund in die Mitte.
Daran erkennt man sie, dachte Vonderau. Profis wissen innert Sekunden, wann sie verloren haben – wirklich verloren haben ... Jetzt war er überzeugt. Er hatte den richtigen Mann erwischt.
Probleme gab es erst, als sie den Zimmerschlüssel an der Rezeption in Empfang nehmen wollten. Hotels tun sehr viel für ihre Gäste.
»Ich mache das nicht zu meinem Vergnügen«, sagte Vonderau so freundlich wie möglich. »Es besteht ein dringender Verdacht wegen Spionage. Ich muß eventuell Beweise auf seinem Zimmer sicherstellen.«
Die Dame an der Rezeption stutzte. Spionage – und ausgerechnet dieser freundliche Mann? Aber er sah plötzlich ganz anders aus als vorher. Er hatte sich verkleidet. Wie im Film. Sie reichte den Schlüssel hinüber.
Im Zimmer sagte Vonderau: »Stellen Sie Koffer und Tasche ab. Drehen Sie sich um und stützen Sie die Hände gegen die Wand.«
Manfred machte keine Schwierigkeiten. Baumann tastete ihn nach Waffen ab. Manfred hatte keine.

»Ziehen Sie die Jacke aus, aber hübsch langsam«, befahl Vonderau.
»Ich heiße Herbert Jann und wohne in der Reudnitzerstraße in Leipzig«, sagte Manfred, nachdem er die Jacke ausgezogen und zu Boden fallen gelassen hatte.
Baumann stand mit gespreizten Beinen da und hielt Manfred mit der Dienstwaffe in Schach.
»Um Gottes willen, Baumann«, sagte Vonderau, »werden Sie bloß nicht nervös. Ich brauche den Mann lebend.«
Dann wandte er sich wieder an Manfred. »Wer hat sie geschickt, und was hatten Sie hier vor?«
Manfred schwieg.
»Muß ich die Frage wiederholen?«
Manfred schwieg. Er wußte, daß ihm nicht viel passieren konnte. Nach einer Pause nahm er die Perücke und die Brille ab, und jetzt sah er wirklich so wie auf dem Bild aus, das der Polizeizeichner nach Webers Angaben gemacht hatte.
Immerhin etwas, dachte Vonderau. Laut sagte er: »Beginnen wir noch mal von vorn. Sagen Sie mir, für wen Sie arbeiten, nennen Sie mir Ihre Kontaktpersonen in der Schweiz, und ...«
»Ich heiße Herbert Jann, wohne in der ...«
»Ach, hören Sie doch mit dem Blödsinn auf«, fuhr Vonderau ärgerlich dazwischen. »Wie wäre es, wenn Sie jetzt mal eine andere Platte auflegen würden, und zwar die richtige?«
Manfred schwieg.
»Schauen Sie sich das an«, sagte Baumann, der inzwischen seine Pistole eingesteckt und Manfreds Jacke unter die Lupe genommen hatte. Er hielt einen Reisepaß und einen Personalausweis der Bundesrepublik Deutschland in Händen. Beide lauteten auf den Namen Werner Stanow. Dann kam noch ein behelfsmäßiger Personalausweis zum Vorschein; er war auf den Namen Karlheinz Koos ausgestellt.
»Was sagen Sie dazu?« fragte Baumann.

»Ein vielseitiger Mann«, meinte Vonderau. »Da können wir nur staunen, nicht wahr? Und was sagen Sie dazu?«
Manfred schwieg zunächst. Dann sagte er: »Die Ausweise sind gefälscht.«
»Na so etwas! Darauf wäre ich nicht gekommen. Sie überraschen mich, werter Herr. Sie haben ja etwas zugegeben«, meinte Vonderau. »Jetzt müssen Sie mir nur noch sagen, wie Sie wirklich heißen.«
»Ich heiße Herbert Jann, wohne ...«
Vonderau winkte ab. »Die alte Krankheit. Wollen Sie vielleicht über Ihre segensreiche Tätigkeit in unserer Stadt nicht doch ein paar Worte verlieren?«
Manfred schwieg.
»Es war nur ein Versuch«, murmelte Vonderau wie nebenbei. »Vielleicht weiß Dorian Weber etwas mehr.«
Manfred gab einen Laut von sich, der alles bedeuten oder einfach nur ein Laut sein konnte. Er machte ein Gesicht, als sähe er einen Eisberg brennen. In diesem Augenblick wußte er, daß alles verloren war, aber gerade das bestärkte ihn, keinen Millimeter von der eingenommenen Haltung abzuweichen.
»Damit haben Sie nicht gerechnet, wie«, lachte Vonderau. »Ja, ja, ich kenne Dorian Weber, und ich weiß auch, was er gemacht hat.« Jetzt bluffte er ein bißchen. »Wissen Sie«, meinte er, »wir sind vielleicht manchmal etwas langsam, und wir machen manchmal Fehler, wie alle anderen Menschen auch. Aber wir sind nie so langsam und machen nie so viele Fehler, wie Leute Ihres Schlages es gerne hätten.« Er kratzte sich am Kopf. »Eines schätze ich an Ihnen, wer auch immer Sie sind und woher Sie auch kommen mögen: Sie machen keine Schwierigkeiten. Tote überlassen wir doch lieber den Gangsterfilmen oder der Mafia und den Amerikanern. Hingegen schätze ich es gar nicht, daß Sie dauernd den gleichen

Quatsch wiederholen und nichts sagen. Aber das ist natürlich Ihr gutes Recht.«
»Soll ich telefonieren?« fragte Baumann.
»Nein, nein, das mach' ich schon.«

Neben zwei uniformierten Beamten erschienen auch zwei Detektive der Kriminalpolizei in Zivil.
»Nehmt ihn erst mal mit«, sagte Vonderau. »Den Staatsanwalt verständigen und alles Drum und Dran erledige ich. Und Sie«, sagte er zu Manfred, »Sie haben in den nächsten Stunden hübsch Zeit zum Nachdenken. Vielleicht sehen Sie ein, daß es doch besser ist, wenn Sie reden.«
Manfred hielt einem der Detektive stumm die Hände hin. Der stieß ein freudloses Lachen aus. »Handschellen? Die können Sie glatt vergessen. Ich weiß nicht, wer Sie sind, aber vermutlich sehen Sie zu viele Kriminalfilme. Ich glaube nicht, daß Sie den Versuch machen, uns wegzulaufen.«
Der andere Beamte fragte Vonderau: »Brauchen Sie uns noch?«
»Im Augenblick nicht. Wir werden uns jetzt in Ruhe der Kleider und des Zimmers annehmen.«
Kaum waren die Polizisten gegangen, tauchte die Dame von der Rezeption auf. Ihr Gesicht war ein einziges Fragezeichen.
»Was ist denn passiert?« fragte sie tonlos.
»Genau weiß ich es noch nicht«, antwortete Vonderau ehrlich. »Aber genug, daß es zu einer Verhaftung reicht.«
»Ich brauche das Zimmer. Es ist bereits für einen Gast . . .«
»Das ist Pech. Mindestens in den nächsten zwei, drei Tagen werden Sie darauf verzichten müssen.«
»Und wer soll das bezahlen?«
»Jemand hat vor langer Zeit die gleiche Frage gestellt und sogar ein Lied darüber geschrieben.«
Die Frau sah ihn nur stumm an.
»Hören Sie«, sagte Vonderau, »wenn ich's wüßte, würde ich es

Ihnen sagen. Sehr wahrscheinlich werden Sie oder Ihr Chef den Schaden gerichtlich einfordern müssen.«

»Mein Gott«, murmelte die Angestellte.

»Der kann nichts dafür«, knurrte Vonderau.

»Dabei machte er einen so seriösen und liebenswürdigen Eindruck«, sagte sie.

»Meistens schwärmt man für die falschen Leute.«

Sie prüften die Kleidungsstücke Zentimeter für Zentimeter, legten die Teile der Laserpistole zu der Kamera, untersuchten jeden Winkel des Hotelzimmers. Plötzlich sagte Baumann: »Schauen Sie, was ich gefunden habe!«

»Scheint heute ja Ihr Glückstag zu sein. Was ist es denn?«

Der junge Beamte hielt Vonderau eine Pistole hin. »Zuunterst im Kleiderschrank lag sie. Wahrscheinlich hat er sie einfach zurückgelassen, weil er damit sowieso nicht durch die Sicherheitskontrolle am Flughafen gekommen wäre.«

Vonderau betrachtete die Waffe. Sie war geladen, aber offensichtlich war seit langer Zeit nicht damit geschossen worden.

»Es ist eine Selbstladepistole Marke Borsig für 9 mm Spezialpatronen«, erläuterte Baumann eifrig. »Diese Waffe, die zur Zeit nur in der DDR hergestellt wird, ist eine Kopie der sowjetischen Makarow, Modell PM. Diese wiederum geht auf die deutsche Pistole Walther PP mit doppelter Bewegung zurück.«

Vonderau schaute ihn mit hochgezogenen Brauen an. »Sagen Sie jetzt nur nicht, Sie haben mal eine Freundin gehabt, die sich in Waffen auskannte.«

»Nein«, grinste Baumann. »Mein Vater hat ein Waffengeschäft.«

Eine Stunde später war die Arbeit getan. Vonderau verschloß das Zimmer und gab den Schlüssel an der Rezeption ab.

»Wir werden aber noch einmal kommen und auch Ihnen ein paar Fragen stellen müssen. Wenn ich Sie jetzt bitte, nicht ins

Zimmer zu gehen und nichts zu verändern, werden Sie sich daran halten?«
»Selbstverständlich«, hauchte die Dame.
»Dann ist es ja gut. Danke bestens.«
Im Wagen gähnte Vonderau das erste Mal. Er war erschöpft. Der Rest würde nur noch Routine sein.
Das Autotelefon summte. Er nahm den Hörer ab. Er vernahm die ziemlich ungeduldige Stimme der Polizeiassistentin Eva Kalt.
»Ich sitze seit einer Stunde im Wagen in der Nietengasse und kann Sie nicht erreichen«, sagte sie. »Was ist denn los?«
»Einiges«, antwortete Vonderau. »Ich werde Ihnen alles schön der Reihe nach erzählen. Zuerst aber etwas anderes: Wo ist Weber?«
»Er ist soeben mit einem großen Blumenstrauß nach Hause gekommen und hat seither die Wohnung nicht verlassen.«
»Aha«, machte Vonderau, als ließen sich aus dieser Information wichtige Schlüsse ziehen. »Bleiben Sie, wo Sie sind. In einer halben Stunde bin ich bei Ihnen.«
Er legte auf und sagte zu Baumann: »Scheint so, als wäre die Sache für Sie zu Ende. Legen Sie sich ein paar Stunden aufs Ohr. Und danke fürs Mitmachen.« Er unterdrückte mühsam ein Gähnen.
»Sie könnten das eher gebrauchen. Ich bin nicht müde. Macht es Ihnen was aus, wenn ich mitkomme?«
Vonderau zuckte die Schultern. »Wenn Sie wollen ...«

Um Viertel nach sieben traf Sylvia Sollberger ein. Sie eilte über die Straße, drückte kurz auf den Klingelknopf an der Haustür, lief die Treppe hinauf und wurde oben bereits von Weber erwartet, der sie an sich preßte, als habe er sie ein Jahr lang nicht gesehen.
»Blumen?« fragte sie, als sie ins Wohnzimmer trat.
»Für dich«, sagte Weber schlicht. »Wenn du da bist, bräuchte es eigentlich keine Blumen. Aber so ist es noch schöner.«
Sie strich ihm sachte über das Gesicht. »Du bist lieb«, sagte sie.

»Ich liebe dich, darum bin ich so. Das ist doch selbstverständlich.« Er küßte sie auf die Lippen. »Ich habe eingekauft«, fuhr er übergangslos fort. »Ich möchte nirgendwohin gehen, nur mit dir allein sein.«

»Ich auch. Weißt du was? Ich werde die ganze Nacht bleiben und morgen früh von hier aus zur Arbeit gehen.«

»Du, das freut mich, ich kann dir gar nicht sagen, wie«, lachte Dorian.

Sylvia ging in die Küche. »Wie steht's mit der Arbeit?« fragte sie, während sie das Fleisch auspackte.

»Alles bestens, mach dir keine Sorgen. Ich verdiene prima, der Job ist prima ... Wer hätte das gedacht, daß ich einmal so viel Glück habe. Beinahe zu schön, um wahr zu sein!«

»Ja«, lächelte sie. »Ich mache mir keine Sorgen. Ich habe dir schon einmal gesagt, daß ich eine gutbezahlte und sichere Stelle habe. Es geht mir nicht ums Geld. Ich möchte nur, daß du auch bei der Arbeit glücklich bist.«

»Das bin ich«, sagte er überzeugt, obwohl er es nicht ganz war. Es gab zu viele offene Fragen in bezug auf Manfred.

Später, als sie in seinen Armen lag, sagte er: »Weißt du, ich kann eigentlich gar nicht genau sagen, was für einen Nutzen meine Arbeit hat. Es ist alles so merkwürdig, und manchmal glaube ich sogar, es ist nicht ganz sauber, und dann wieder ...«

Sylvia verschloß ihm den Mund mit einem Kuß. »Wir wollen jetzt nicht über die Arbeit reden, Liebster. Jetzt nicht. Es läuft doch alles prima.«

Es gab Stunden, die gehörten der Arbeit, das mußte so sein, und es gab Stunden, die gehörten nur der Liebe.

Es klingelte an der Wohnungstür.

Ein paar Sekunden lagen sie bewegungslos da. Es konnte nichts Gutes sein, darum sagte Weber: »Ich mach' nicht auf. Wer es auch ist, wir zeigen ihm, daß er nicht in unsere Welt eindringen kann.«

Aber das Klingeln hörte nicht auf.

»Schau nach, wer es ist«, meinte Sylvia. »Nachher können wir wieder ganz allein sein.«

»Wie lange wollen wir denn noch warten?« fragte Eva Kalt und schob einen neuen Kaugummi zwischen die Zähne.

Vonderau zuckte die Schultern.

In diesem Moment öffnete Weber. Er trug Jeans; sein Oberkörper war nackt. Sein Blick huschte zwischen der Assistentin und Vonderau hin und her.

»Sie?« brachte er schließlich hervor. In seinen hellen Augen sah man die Anspannung flackern.

»Ja, ich«, bestätigte Vonderau und zog Eva Kalt mit sich in die Wohnung.

»Was wollen Sie?«

»Ich erwarte eine Menge Erklärungen von Ihnen, Herr Weber. Ziehen Sie sich an!«

»Ich habe Besuch«, murmelte Weber.

»Der Besuch soll sich auch anziehen«, sagte Vonderau ungerührt.

Weber starrte ihn stumm an.

»Ja«, meinte Vonderau, »vieles ist anders gelaufen, als wir geglaubt haben, nicht wahr? Am Schluß hatte ich als einziger noch einen Trumpf im Ärmel. Ich war selbst am meisten überrascht.«

In diesem Augenblick erschien Sylvia Sollberger. Sie war vollständig angezogen. Sie machte auf Vonderau den Eindruck einer sehr entschlossenen Frau.

»Ich weiß nicht, um was es geht«, sagte sie mit fester Stimme. »Aber ich halte zu ihm, was immer es auch ist.«

Vonderau schwieg einen Augenblick. Dann meinte er: »Der Junge hat Glück. Die meisten Frauen sagen in einer solchen Situation das Gegenteil.« Zu Weber sagte er: »Manfred ist verhaftet. Vielleicht trägt das dazu bei, daß Sie sich anziehen.«

»Kann ich mitkommen?« fragte Sylvia.

»Wenn Sie wollen ... Frau Kalt ist für Sie da, wenn Sie etwas brauchen. Wir werden nicht darum herumkommen, auch Ihnen ein paar Fragen zu stellen.«
Sie nickte. »Ich habe nicht viel zu sagen, aber dieses Wenige werde ich mit Freuden sagen.«
Dorian Weber stand da, wie Vonderau ihn zum erstenmal gesehen hatte: verängstigt, unsicher und hoffnungslos. Noch vor ein paar Minuten hatte er sich wie im siebten Himmel gefühlt; jetzt war er brutal zu Boden gestürzt.
»Sagen Sie den Untersuchungsbeamten alles, was Sie wissen, und sagen Sie im Prozeß gegen Manfred als Zeuge aus. Dann wird Ihnen nicht viel passieren«, sagte Vonderau zu ihm, als ginge das nur Weber und ihn etwas an. Und in diesem Augenblick hatte der Inspektor eine Idee.
Zwei Stunden später saßen er, Sylvia Sollberger und Eva Kalt in einem Restaurant und tranken Kaffee und Cognac. Sylvia war sehr gefaßt, nur in seltenen Augenblicken klang ihre Stimme kaum merklich heiser.
Nachdem sie von sich aus alles über ihre Beziehung zu Dorian Weber erzählt hatte, versuchte Vonderau ihr klarzumachen, worum es ging – soweit er das überhaupt überblicken konnte. Endgültige Klarheit in das Dunkel würden nur Manfreds Aussagen bringen können. Und der würde schweigen, da war sich Vonderau jetzt schon sicher.
»Wie lange, glauben Sie ... ich meine ... wie lange muß Dorian ...« fragte sie stockend, ohne die Frage richtig gestellt zu haben.
»Sie können auf ihn warten«, antwortete Vonderau. »In ein, zwei Stunden können Sie mit ihm nach Hause gehen.«
Sie sah ihn völlig überrascht an. Ihre Lippen zuckten. »Heißt das ... Sie stellen ihn nicht unter Anklage?« stammelte sie.
»Anklage?« lächelte Vonderau etwas verlegen. »Wer spricht denn hier von Anklage?«

Am 8. September wurde der Mann mit Namen Herbert Jann alias Werner Stanow alias Karlheinz Koos vom Bezirksgericht Zürich zu achtzehn Monaten Zuchthaus, zu einer Buße von zweihundert Franken und zu fünfzehn Jahren Landesverweisung verurteilt, obwohl ihm eine tatsächliche Spionagetätigkeit nicht nachzuweisen war. Die ganze Zeit über wußte niemand, wie sein richtiger Name lautete. Denn Manfred schwieg.
Er hatte auch nicht gegen das Bundesgesetz über das Kriegsmaterial und nicht gegen das Konkordat über den Handel mit Waffen und Munition verstoßen. Laser, in welcher Form auch immer, waren in diesen Bestimmungen nicht erwähnt. Deshalb hatte Weber sie besorgen müssen, und Manfred hatte sie genau studiert.
Als strafverschärfend wurde ohne Zweifel der Umstand gewertet, daß eine böse Absicht zu vermuten war. Was für einem Zweck dienten denn die leeren Pistolen- und Kameragehäuse? Manfred verweigerte die Antwort.
Schweigen war überhaupt das Hauptmerkmal des Mannes, hinter dessen Personalien die Anklageschrift anführte: »Identität steht nicht fest.« Eindeutig stehe nur fest, wie der Gerichtspräsident sagte, daß es sich bei diesem Mann nicht um einen Touristen handle, der aus einem mehr oder weniger harmlosen Grund mit falschen Papieren gereist sei.
Bei jeder Frage überlegte Manfred lange. Nur ganz selten gab er eine Auskunft; so bezeichnete er sich als Ingenieur. Auf die Frage nach der Fachrichtung schwieg er wieder.
Seine häufigsten Antworten lauteten: »Kein Kommentar« oder: »Keine Auskunft«. Auch auf die Fragen nach dem Wohnort seiner Eltern, ob er Geschwister habe, nach dem Transportmittel, mit dem er in die Schweiz eingereist sei, und wo, welche Sprachen er beherrsche, blieb er die Antwort schuldig.
Selbstverständlich verweigerte er auch die Auskunft darüber, wie seine Aufträge lauteten und wer seine Auftraggeber seien.

Es wurde ermittelt, daß Manfred bei einer Bank auf seinen angeblich richtigen Namen Herbert Jann ein Konto eröffnet hatte, auf dem sich zum Zeitpunkt seiner Verhaftung 19 000 Franken befanden. Die Herkunft des Geldes konnte nie geklärt werden.

Ebenfalls nie geklärt werden konnte die wahre Identität des Mädchens, das sich Alaska genannt hatte. Sie blieb verschwunden, als habe es sie nie gegeben. Auch der Mann namens Silvio, der in der Werkstatt in der Quellenstrasse gearbeitet hatte, konnte nie gefunden werden. Manfred schwieg.

Für Inspektor Vonderau, der der Verhandlung beiwohnte, ging es nicht in erster Linie darum, Licht in das Dunkel zu bringen. Er wollte die Tricks kennenlernen, mit denen hier gearbeitet wurde. Waren sie erst einmal bekannt, konnte die Gegenseite sie nicht mehr anwenden. Aber Manfred hüllte sich in Schweigen.

Genaugenommen stand Herbert Jann – oder wie immer er heißen mochte – nicht unter der Anklage der Spionagetätigkeit vor den Richtern, sondern weil er im Besitz falscher Papiere gewesen war, was im Gerichtsurteil als »fortgesetzte Urkundenfälschung sowie Übertretung der Vorschriften über die Gästekontrolle der Stadt Zürich« bezeichnet wurde. Außerdem wurde er schuldig gesprochen der »Widerhandlung gegen das Bundesgesetz über Aufenthalt und Niederlassung der Ausländer«, weil er ohne das für die Bürger der DDR – und als solcher bezeichnete er sich ja – vorgeschriebene Visum in die Schweiz eingereist war.

Für schuldig befunden wurde er auch der »Anstiftung zur Sachbeschädigung und Irreführung der Rechtspflege«.

Der Gerichtspräsident meinte in seinen Ausführungen, der Angeklagte habe seine Delikte aus nachrichtendienstlichen Gründen begangen; das sei offensichtlich, wenn auch nicht bewiesen. Die Prognosen für sein künftiges Wohlverhalten seien un-

günstig, weshalb ihm die Strafe nicht auf Bewährung erlassen werden könne. Der Verteidiger, obwohl er für eine weniger lange Freiheitsstrafe plädiert hatte, legte keine Berufung ein. Es mußte ein Exempel statuiert werden, das war offensichtlich. Vonderau fand das Urteil in Ordnung, auch wenn er persönlich von Abschreckung wenig hielt. Selbst wenn man jeden Überführten aufgehängt hätte, wären immer wieder Spionageversuche unternommen worden.
Vor dem Gerichtsgebäude kamen Sylvia Sollberger und Dorian Weber auf ihn zu. Sie drückte ihm stumm die Hand. Weber murmelte nur »Danke«.

Otto Weiss, der große, schwere Mann, der Chef der Schweizerischen Bundespolizei, hatte die Fäuste in die Hüften gestemmt. Er stand vor Vonderau, der auf einem Stuhl saß. Sie befanden sich im Büro von Weiss in Bern. Die seit langem anhaltende Schönwetterperiode hatte nicht nachgelassen, und alle, die Ferien hatten, freuten sich darüber.
»Herrgott, Dominik, was ist denn in dich gefahren?« schimpfte Weiss. »Das kannst du doch nicht machen!«
Vonderau lächelte. »Ich konnte. Die Ereignisse beweisen es«, meinte er ruhig. »Ich hätte es vielleicht nicht tun sollen, aber ich habe es getan, und ich kann es sogar verantworten. Und ich bin überzeugt, Chef, du wirst es verstehen. In unserem Metier ist für Menschlichkeit wenig Platz. Hier gab es eine Gelegenheit dazu. Ich habe sie genutzt.«
Weiss hatte mit hastigen Bewegungen seine Pfeife in Brand gesetzt. »Dieser Dorian Weber ist ebenfalls schuldig«, schickte er seine Worte den ersten Rauchwolken nach. »Aber du hast ihn abgeschirmt, wo es nur ging, du hast ihn nur als Zeuge aussagen lassen und alles so hingestellt, als hätte er immer mit dir zusammengearbeitet, was er nicht getan hat.«
»Du hast recht«, gab Vonderau zu. »Da habe ich meine Befug-

nisse eindeutig überschritten. Er hat mich im Stich gelassen, als er mir hätte helfen können. Aber er ist kein schlechter Mensch, er ist nicht kriminell. Das hat den Ausschlag gegeben. Er ist sorglos und leichtgläubig, vielleicht auch naiv. Aber er hat zum erstenmal in seinem Leben Liebe gespürt. Diese Alaska hat ihn schlicht und einfach hängenlassen. Sylvia Sollberger nicht. Weißt du, im Grunde ist er ein armer Teufel. Vom Leben gebeutelt, immer nur als Null behandelt, er war nicht zu beneiden. Und jetzt ist alles ganz anders. Wenn Weber unter Anklage gestellt und verurteilt worden wäre, wäre er mit Sicherheit auf die schiefe Bahn geraten. Dann wäre er wirklich kriminell geworden, und die Polizei hätte sich zeitlebens mit ihm befassen müssen. Diese Gefahr ist jetzt gebannt. Sylvia Sollberger liebt ihn. Haben wir nicht schon fast vergessen, was das heißt?«
Weiss biß schweigend auf dem Mundstück seiner Pfeife herum.
»Es paßt mir nicht«, stieß er nach einer Weile hervor.
»Ich weiß das, und du hast ja recht. Aber ich bin überzeugt, einen Menschen gerettet zu haben, auch wenn das ziemlich theatralisch klingt. Schau, Otto, wir haben Erfolg gehabt, lassen wir es dabei bewenden. Niemand weiß etwas davon, nur wir zwei. Erklär mich jetzt nicht für verrückt, wenn ich ein Beispiel zitiere. Wir haben beide in unserer Jugend Fußball gespielt, und manchmal haben wir nur mit einem Affenglück gewonnen. Es gab Spiele, da haben wir einen knappen Vorsprung mit allen erlaubten und oft auch nicht ganz lupenreinen Mitteln über die Distanz gebracht. Aber wir haben gewonnen, und am Ende der Saison hat niemand gefragt, wie wir gewonnen haben. Da zählten nur die Punkte. Und die hatten wir, und die haben wir auch jetzt.« Vonderau legte seinem Chef die Hand auf den Arm. »Komm, Otto, gehen wir ein Glas Wein trinken, und freuen wir uns jetzt schon auf die Kommentare, die morgen in der Zeitung stehen. Nur wir zwei wissen, wie es wirklich gewesen ist.«

Obwohl Manfred ein ausgesprochen höflicher und zuvorkommender Häftling war, wurde er erst nach achtzehn Monaten und keinen Tag früher entlassen. Die Verfügung, der zufolge bei guter Führung ein Drittel der Haft erlassen wird, kam bei ihm nicht zur Anwendung.

An einem Apriltag, an dem sich Sonne, Schnee und Regen ablösten, wurde Manfred zum Flughafen gebracht. Da sein Urteil auch auf fünfzehn Jahre Landesverweisung lautete, verließ er die Schweiz nicht allein.

In Vonderaus Begleitung flog er mit der »Československé Aerolinie« nach Prag. Sie verließen die Maschine, gingen durch den Zoll, und dann war Manfred in vertrauten Gefilden. Hier würde er sich zurechtfinden oder Unterstützung bekommen oder was auch immer. Vonderau kümmerte sich nicht weiter darum.

Manfred nickte leicht mit dem Kopf, sprach kein Wort und gab dem Inspektor nicht die Hand. Er nahm einfach sein Gepäck und ging weg. Vonderau flog am gleichen Tag mit einer Maschine der »Swissair« nach Zürich zurück.

Irgendwann und irgendwo würde Manfred zu einem neuen Einsatz bereit sein.

Roman **Knaur®**

Taschenbücher

Band 1154
224 Seiten
ISBN 3-426-01154-9

In einer Universitätsstadt in Colorado wird ein Attentat vorbereitet: Einige Professoren haben einen Berufskiller aus New York angeworben, der einen bekannten Politiker töten soll. Doch der »Killer«, der sich Arthur Sachs nennt, ist im Metier des Tötens reichlich unerfahren, er ist ein mittelmäßiger Rechtsanwalt, der den Mord aus persönlichen Motiven begehen will: Er hat seinen ältesten Sohn in Vietnam verloren. Schon bald bricht die Tarnung des Rechtsanwalts zusammen, denn seinem Geschäftspartner, der von der Familie alarmiert worden ist, gelingt es, den Verschwundenen aufzuspüren. Und dann wird Sachs auch noch von anonymer Hand eine Liste zugespielt, die sämtliche Lebensdaten aller an der Verschwörung Beteiligten enthält. Blind vor Haß bringt er dennoch eine Sprengladung an der Brücke an, die das Opfer zu einer bestimmten Stunde überqueren soll...

Roman

Knaur Taschenbücher

Band 1295
320 Seiten
ISBN 3-426-01295-2

Es geht hochpolitisch zu in diesem Roman, der im Ölland Mexiko und in den USA spielt. Mexikanische, arabische und israelische Öl- und Machtinteressen spannen die »kleinen Leute« in ihre Strategien ein. Der Konflikt zwischen Palästinensern und Israelis wirkt sich bis in die intimsten Beziehungen aus, Geheimdienste und Doppelagenten treiben ihr verwirrendes, gefährliches Spiel.
Felix Maldonado wird gegen seinen Willen in die dramatischen Ereignisse verwickelt, er wird gelenkt, manipuliert und muß erkennen, daß selbst seine persönlichsten Gesten gesteuert werden. Er bezahlt mit dem Verlust seiner Identität. Am Ende schließt sich der Kreis, und alles beginnt von vorne.